林贤治 主编
百年中篇典藏

回廊之椅

林白 著

南方出版传媒
花城出版社
中国·广州

图书在版编目（CIP）数据

回廊之椅 / 林白著. -- 广州：花城出版社，2020.8
（百年中篇典藏 / 林贤治主编）
ISBN 978-7-5360-9089-7

Ⅰ. ①回… Ⅱ. ①林… Ⅲ. ①中篇小说－小说集－中国－当代 Ⅳ. ①I247.5

中国版本图书馆CIP数据核字(2020)第118801号

出 版 人：肖延兵
丛书策划：张　懿
出版统筹：邹蔚昀
责任编辑：曹玛丽
技术编辑：凌春梅
装帧设计：林露茜

书　　名	回廊之椅
	HUI LANG ZHI YI
出版发行	花城出版社
	（广州市环市东路水荫路11号）
经　　销	全国新华书店
印　　刷	恒美印务（广州）有限公司
	（广州南沙经济技术开发区环市大道南路334号）
开　　本	880毫米×1230毫米　32开
印　　张	5.875　2插页
字　　数	130,000字
版　　次	2020年8月第1版　2020年8月第1次印刷
定　　价	48.00元

如发现印装质量问题，请直接与印刷厂联系调换。
购书热线：020－37604658　37602954
花城出版社网站：http://www.fcph.com.cn

总序

林贤治

中国新文学从产生之日起,便带上世界主义的性质。这不只在于由文言到白话的转变,重要的是文学观念的革新。从此,出现了新的文体,新的主题,新的场景、人物和故事,于是一个新的文学时代开始了。

以文体论,所谓"文学革命"最早从诗和散文开始。小说是后发的,先是短篇,后是中篇和长篇,作者也日渐增多起来。由于五四的风气所致,早期小说的题材多囿于知识人的家庭冲突和感情生活;继"畸零人"之后,社会底层多种小人物出现了,广大农民的命运悲剧与农村中的阶级斗争进而廓张了小说的疆域,随后,城市工人与市民生活也相继进入了小说家的视野。小说以它的叙事性、故事性,先天地具有一种大众文化的要素,比较诗和散文,影响更为迅捷和深广。

从小说的长度看,中篇介于短篇与长篇之间,但也因此兼具了两者的优长。由于具有相当的体量,中篇小说可以容纳更多的社会内容;又由于结构不太复杂而易于经营,所以,自二十世纪二十年代以来,小说家多有中篇制作。论成就,或许略逊于长篇,但胜于短篇是肯定的。

一九二二年，鲁迅在报上连载《阿Q正传》。这是新文学运动发生以后的第一个中篇小说，在革命的大背景下，为国人的灵魂造像；形式之新，寓意之深，辉煌了整个文坛。阿Q，作为一个典型人物，相当于塞万提斯笔下的堂·吉诃德，在中国，为广大的人们所熟知，他的"精神胜利法"成了民族的寓言。在二十年代，创造社和文学研究会的作家创作颇丰，中篇小说作家有郁达夫、废名、许地山、茅盾，以及沅君、庐隐、丁玲等。郁达夫在五四文学中享有盛名。他的小说，最早创造了"零余者"的形象，其中自我暴露、性描写，在当时是惊世骇俗的，虽然有颓废的倾向，却不无反封建的进步的意义。《迷羊》《她是一个弱女子》是他的代表性作品，打着时代特有的个性主义和人道主义的双重烙印。在丁玲的《莎菲女士的日记》中，作为刚刚觉醒的女性主义者，追求个性解放和自由恋爱的莎菲女士，结果陷入歧路彷徨、无从选择的困局之中，表现了一代五四新女性所面临的新观念与旧事物相冲突的尴尬处境。继鲁迅之后，一批"乡土作家"如台静农、蹇先艾、许钦文、王鲁彦等崛起文坛，是当时的一个突出的文学现象。但是佳作不多，中篇绝少。

毕竟是新文学的发轫期，二十世纪二十年代的小说大多流于粗浅，至三十年代，作家队伍迅速扩大，而且明显地变得成熟起来。有三种文学，其中一种是所谓"民族主义文学""三民主义文学"；另一种与官方文学相对立，在当时声势颇大，称为"左翼文学"。以"左联"为中心，小说作家有茅盾、柔石、蒋光慈、叶紫、张天翼、丁玲，外围有影响的还有萧军、萧红等。其中，中篇如《林家铺子》《二月》《丽莎的哀怨》

《星》《八月的乡村》《生死场》，都是有影响的作品。茅盾素喜取景历史的大框架，早期较重人物的生理和心理描写，有点自然主义的味道，后来有更多的理性介入，重社会分析。中篇《林家铺子》讲述杭嘉湖地区一个小店铺老板苦苦挣扎，终于破产的故事。同《春蚕》诸篇一起，展开二十世纪三十年代民族危难、民生凋敝的广阔的社会图景。《二月》是柔石的一部诗意作品。小说在一个江南小镇中引出陶岚的爱情，文嫂的悲剧，和一个交头接耳、光怪陆离而又死气沉沉的社会。最后，主人公萧涧秋在流言的打击下，黯然离开小镇。作者以工妙的技巧，揭示了知识分子在残酷的现实生活中进退失据的精神状态。诗人蒋光慈的小说《丽莎的哀怨》《冲出云围的月亮》发表后，受到左翼作家的批判，影响轰动一时。其实"革命+恋爱"的创作模式，并不能遮掩小说所展露的人性的光辉。特别在充斥着"左"倾教条主义政治话语的语境中，作者执着于对"人"的描写，对人性与环境的真实性呈现，是极为难得的。萧军和萧红是东北流亡作家，作品充满着一种家国之痛。《八月的乡村》以场景的连缀，展示了与日本和伪满洲国军队战斗的全貌。《生死场》超越民族和国家的限界，着眼于土地和人的生存。"在乡村，人和动物一起忙着生，忙着死"，是贯穿全篇的主旋律。小说有着深厚的人本主义的内涵，带有启蒙的意义。

此外，还有一种文学，来自一批自由派作家，独立的作家，难以归类的作家。如老舍、巴金、沈从文等，在艺术上，有着更为自觉的追求。像沈从文的《边城》《长河》，就没有左翼作品那种强烈的阶级意识。沈从文自称"是个不想明白道理却永远为现象所倾心的人"。他倾情于"永远的湘西",着意于表现自然之美与野蛮的力,叙述是沉静的,描写是细致的,一些残酷的血腥的故事,在他的笔下,也都往往转换成文化的美,诗意的美,而非伦理的美。巴金早期的小说颇具政治色彩,如《灭亡》;而《憩园》,则是一种挽歌调子,很个人化的。施蛰存等一批上海作家是另一种面貌,他们颇受西方现代派文学的影响,从事实验性写作。不过,值得指出的是,左翼作家是一批青年叛逆者,敢于正视现实、反抗黑暗;其中有些作品虽然因意识形态的影响而在一定程度上削弱了艺术的力量,但是仍然不失为当时最为坚实锋锐的文学,是五四的"人的文学"的合理的延伸。

整个二十世纪四十年代动荡不安。这时,除了早年成名的作家遗下一些创作外,新进的作家作品不多,突出的有张爱玲的《金锁记》和路翎的《饥饿的郭素娥》。张爱玲善于观察和描写人性幽暗的一面,《金锁记》可谓代表作。路翎的《饥饿的郭素娥》何尝不是写人性,却是张扬的、光明的、美善的。在劳动妇女郭素娥的身上,不无精神奴役的创伤,却更多地表现出了与命运抗争的顽强的生命力。延安文学开拓出另一片天地:清新、简朴、颂歌式。丁玲的《在医院中》《我在霞村的时候》,以及赵树理的《小二黑结婚》《李有才板话》,形态很不相同,但在文学史上都有着全新的意义。在丁玲这里,明显地带有五四时期的个人主义和女性主义的残留,所以当时遭到不合理的批判。赵树理的小说,可以说专写农村和农民,但不同于此前知识分子作家的乡土小说,强调的不是苦难,而是新生的活力和希望。语言形式是民族的、传统的,结合现代小说的元素，有个人的创造性，但无疑地更加切合时代的需要。所以，周扬高度评价赵树理的作品，称为"新文艺的方向"。

一九四九年以后，中国有了统一的文坛。从五十年代初期的文艺整风开始，多种政治运动接连不断，对作家的思想、个性和创造力造成了不同程度的损害。比如对萧也牧的《我们夫妇之间》的批判，以及随后对路翎入朝创作的《洼地上的战役》等小说的批判，都在小说界产生了直接的消极影响。

二十世纪五六十年代的中短篇小说颇为寥落。少数青年作者带有锐意的作品，如王蒙的《组织部来了个年轻人》，较早表现反官僚主义的主题。小说也许受到来自苏联的"写真实""干预生活"等理论和作品的影响，但是作者无意模仿，这里是来自五十年代中国的真实生活，和一个"少布"的理想激情的历史性相遇。它的出现，本是文学话语，通过政治解读遂成为"毒草"，二十年后同众多杂草一起，作为"重放的鲜花"傲然出现。老作家孙犁以一贯的诗性笔调写农业合作化运动，自然被"边缘化"；赵树理一直注目于农村中的"中间人物"，却在一九六二年著名的"大连会议"之后为激进的批判家所抛弃。"文革"十年，文坛荒废，荆棘遍地；所谓"迷阳聊饰大田荒"，甚至连迷阳也没有。

"文革"结束以后，地下水喷出了地面。以短篇小说《伤痕》为标志的一种暴露性文学出现了，此时，一批带有创伤记忆的中篇如《天云山传奇》《犯人李铜钟的故事》《大墙下的红玉兰》《绿化树》《一个冬天的童话》《被爱情遗忘的角落》等同时问世。《绿化树》叙写的是右派章永璘被流放到西北劳改农场的经历，是张贤亮描写中国知识分子历史命运的一

5

部力作。与其他"大墙文学"不同的是,作者突出地写了食和性。通过对主人公一系列忏悔、内疚、自省等心理活动的描写,对饥饿包括性饥饿的剖视,真实地再现了特定年代中的知识分子的苦难生活。作者还创作了系列类似的小说,名为"唯物论者的启示录",对一代知识分子命运作了深入的反思。张弦的小说,妇女形象的描写集中而出色。《被爱情遗忘的角落》《未亡人》《挣不断的红丝线》,其中的女性,无论在农村还是城市,无论是少女还是寡妇,都是生活中的弱势者,极"左"路线下的不幸者、失败者和牺牲者。驰骋文坛的,除了伤痕累累的老作家之外,又多出一支以知青作家为代表的新军,作品有张承志的《北方的河》《黑骏马》,王小波的《黄金时代》,阿城的《棋王》等。或者表达青年一代被劫夺的苦痛,或者表现为对土地和人民的皈依,都是去除了"瞒和骗"的写真实的作品。这时,关注现实生活的小说多起来了。无论是蒋子龙的《乔厂长上任记》、高晓声的《陈奂生上城》,还是谌容的《人到中年》、路遥的《人生》,都着意表现中国社会的困境,不曾回避转型时期的问题。《人到中年》通过中年眼科大夫陆文婷因工作和家庭负担过重,积劳成疾,濒临死亡的故事,揭示中国知识分子的生存现状,可谓切中时弊。小说创造了陆文婷这个悲剧性的英雄形象,富于艺术感染力,一经发表,立即引起社会的巨大反响。

二十世纪八十年代初期中国作家非常活跃,带来中篇小说空前的繁荣。这时,出现了重在人性表现的另类作品,如汪曾祺的《受戒》《大淖记事》,张洁的《爱,是不能忘记的》,还有史铁生的《关于詹牧师的报告文学》《命若琴弦》等,显示了创作的多元化倾向。汪曾祺的小说创作起步于二十世纪四十年代，却因时代的劫难，空置几十年之后，终至大器晚成。他自称是"一个中国式的抒情的人道主义者"，小说多叙民间故事，十足的中国风。《大淖记事》乃短篇连缀，散文化、抒情性，气象阔大，尺幅千里，在他的作品中是有代表性的。

八十年代中期，"思想解放运动"落潮，美学热、文化热兴起。在文学界，"寻根文学""先锋小说"应运而生。"寻根"本是现实问题的深化，然而，"寻"的结果，往往"超时代"，脱离现实政治。王安忆的《小鲍庄》，以多元的叙述视角，通过对淮北一个小村庄几户人家的命运，尤其是捞渣之死的描写，剖析了传统乡村的文化心理结构，内含对国民性及现实生活的双面批判，是其中少有的佳作。"先锋小说"在叙事上丰富了中国小说，但是由于欠缺坚实的人生体验，大体浅尝辄止，成就不大，有不少西方现代主义的赝品。

至九十年代，中篇小说创作进入低落、平稳的状态。这时，作家或者倡言"新写实主义"，"分享艰难"，或者标榜"个人化叙事"，暴露私隐。无论回归正统还是偏离正统，都意味着文学进入了一个思想淡出、收敛锋芒的时期。王朔是一个异类，嘲弄一切，否弃一切；他的作品，容易让人想起鲁迅的名文《流氓的变迁》，却也不失其解构的意义。这时，有不少作家致力于历史题材的书写或改写，莫言的《红高粱》写抗战时期的民众抗争，格非的《迷舟》写北伐战事，从叙述学的角度看，明显是另辟蹊径的。苏童的《妻妾成群》，写的是大家族的妇女生活。在大宅门内，正妻看透世事，转而信佛；

小妾却互相倾轧，死的死，疯的疯。这些女人，都需要依附主子而活，互相迫害成为常态，不失为一个古老的男权社会的象征。尤凤伟的《小灯》和林白的《回廊之椅》写历史运动，视角不同，笔调也很不一样。尤凤伟重写实，重细节，笔力雄健；林白则往往避实就虚，描写多带诗性，比较丁玲的《太阳照在桑干河上》和周立波的《暴风骤雨》等经典作品，却都是带有颠覆性的叙述。贾平凹有一个关于土匪生活的系列中篇，艺术上很有特色。现实题材中，余华的《许三观卖血记》，刘庆邦的《到城里去》，迟子建的《世界上所有的夜晚》，胡学文的乡土故事和徐则臣的北漂系列，多向写出"新时期"的种种窘态。钟求是的《谢雨的大学》，解析当代英雄，包括大学教育体制，是一个值得注意的作品。关于官场、矿区、下岗工人、性工作者，现代化、城市化过程中的一些重大的社会事件和现象，都在中篇创作中有所反映，但大多显得简单粗糙，质量不高。

一百年来，经过时间的淘洗，积累了一批具有经典性、代表性的中篇小说。"百年中篇典藏"按现代到当代的不同时段，从中遴选出二十四部作品，同时选入相关的其他中短篇乃至散文、评论若干一起出版。宗旨是，使读者对具体的作家、作品，乃至一百年来中篇小说创作的源流状貌有一个较为完整的了解。

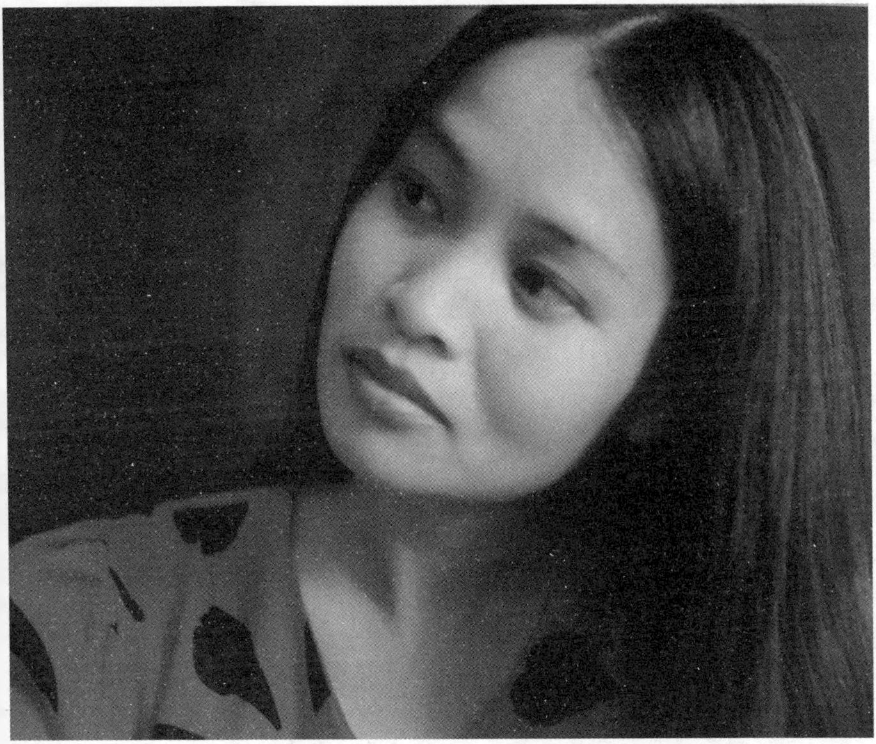

林白

作者简介

林白,本名林白薇,生于广西北流。毕业于武汉大学。先后在广西图书馆、广西电影制片厂、《中国文化报》等单位工作。1996年至2004年为自由撰稿人,现为武汉市专业作家。居北京和武汉两地。

19岁开始写诗,后以小说创作为主。1994年发表长篇小说《一个人的战争》,引起极大反响。1997年出版《林白文集》4卷。主要作品有长篇小说《一个人的战争》《说吧,房间》《青苔》《玻璃虫》《万物花开》《妇女闲聊录》《致一九七五》等,中篇小说集《子弹穿过苹果》《同心爱者不能分手》《回廊之椅》等多部,散文集《前世的黄金》等,以及跨文体长篇作品《枕黄记》,部分作品被译为英、日、韩、意、法等文字在国外发表出版。

1998年获得首届中国女性文学创作奖,《妇女闲聊录》获得第三届华语文学传媒大奖2004年年度小说家奖。

2008年5月，去韩国参加中韩作家会议，与同行朋友在一起
左起：徐春萍，方方，林白，范小青，舒婷，魏微

林白，2003年8月在京郊火神营

林白，2004年在北京张自忠路

林白，2003年冬天在北京

林白，1994年夏在北京家中。该年发表《一个人的战争》

林白，2002年夏在京郊，写作《万物花开》

林白和女儿，2003年8月

2005年冬天，和朋友在三亚
左起：张新颖，方方，蒋子丹，林白，周晓枫，刘齐

油画照片：林白2002年在北京亚运村

手迹

林白于2005年5月在湖北木兰湖帮农民收割油菜

目录

回廊之椅 林白 /1

西北偏北之二三 林白 /35

长江为何如此远 林白 /80

有关《回廊之椅》的忆述 林白 /130

论林白 李静 /132

林白创作年表 /161

回廊之椅

林 白

我看到过一张朱凉年轻时的照片,那是一张全身坐像,黑白两色,明暗分明,立体感强。照片中的女人穿着四十年代流行于上海的开衩至腿的旗袍,腰身婀娜,面容明艳。这明艳像一束永恒的光,自顶至踵笼罩着朱凉的青春岁月,她光彩照人地坐在她的照片中,穿越半个世纪的时光向我凝视。

这张四寸的照片被放在一个象骨相框里,相框的风格简洁明快,与照片相得益彰,只是相片已经黄旧,而相框还很新,房间的主人说:这相框不是她的。

她的声音充满了无限的怀旧和眷恋之意,就像一个垂暮之年的老人怀念他年轻时代铭心刻骨的爱情,这爱情是如此美好又如此富于悲剧性,使人至死不忘。

这是一个叫水磨的地方,六十年代曾经出过一位非凡的美人，她的倩影被印在大大小小的图片上，成为万众珍藏的偶像。这位美人主演过两部美丽的电影，得到总理接见，出访过一个文明古国，极尽绚丽与辉煌。后来美人遭受劫难含辱身亡，成为一个悲剧常年飘荡在水磨。

在水磨，五十岁以上曾经目睹过朱凉芳容的人无不认为，朱凉的美艳在那位女演员之上，朱凉是十个手指，那女演员只是一个手指。这是一个人的原话，说这话的人就是阁楼上的女人，这个形容肯定是言过其实了。

水磨与我的家乡在同一纬度上，在地图上看都靠近二十三度，所不同的是，我家乡的河水清澈见底，而水磨，它的河水永远被深红色的泥水所充满，它的河激情澎湃直抵越南，它的河就是湄公河。

这是一条我从小就深感诱惑的河，河边的高岸正是水磨，我作为一个过路人到达了那里。

我到达水磨的季节是秋季，确切地说，是十月二十三日。我对时间的感觉本来十分含糊，但我从二十岁起敦促自己每天记日记，把去过的地方和见过的人记录下来，这样，我二十岁以后所经历的事就不完全是模棱两可的，它们被凝固成文字，蛰伏在我的本子里。

十月二十三日中午细雨蒙蒙，天色像黄昏，气温像深秋，我穿着一件毛背心还冷得发抖，我想除了在此停留到气温回升别无他法。我贴着接近大路的低矮房屋走向水磨，在房屋与房屋之间的空隙中，我不时听见河水急速流动的喧哗声，我忍不住好奇地穿过两房之间的窄道，看到河中央耸立着几块巨大的红色石头，浑浊的红水从巨石上撞击而过，在对岸的山腰上方聚集，而在我的右首，一棵木瓜树高而直，颈脖上大大小小几十只木瓜层层绕着，凛然不可侵犯地在细雨中闪耀着青色的光泽。

这使我心有所动。

水磨有一种奇怪的菜叫四棱豆，质地像我家乡的杨桃，只是截面不是五角而是四角形，大小长短像一根略长的手指。我在一家小饭馆里吃了这奇怪的四棱豆炒酸菜，味道极好，吃得兴犹未尽，出了饭馆的门就东张西望，这样我就看到了那所庞大的宅园。

章孟达建于四十年代的宅园即使到了九十年代，也仍然称得上雍容大方、气度不凡、品格典雅。我站在大天井里向四面的楼台仰望，朱红色的楼廊三层四叠，有一种幽深、干净、拒人千里的感觉。我十分奇怪这里怎么会空无一人，虽然天色昏暗，但实际上才下午三四点，进门时我仿佛看到一块什么盐矿办公室的牌子，我想这里也许会有值班的人。

我从多个楼梯口中的一个往上走，我的脚踏在坚硬的楼梯板上，发出很轻却异样的声音。楼梯的靠墙的一面有一些木门，我猜想这是一条幽深隐秘、机关暗伏的地道的进口。我走上二楼。沿着环廊走了一圈，每个房间都上了锁，四周空无一人，这种确认使我顷刻感到四周异样的寂静。这种寂静是物质的，就像四堵灰色的墙，既厚又冰冷，不透风。

独自一人，一个年轻女人置身于一座空无一人的大宅园，如果这只是一个电影镜头，出现在人头攒动的放映场里，也足以让我紧张得屏息凝神。当时我站在章宅空无一人的二楼回廊上，心跳加快，手心出汗，无边的寂静笼罩着我，使我魂飞魄散。

不知为什么我觉得这所宅园里肯定有人，正因为觉得有人才感到害怕，我想那人也许正在某个隐秘的窗口窥视我。有人窥视这个想象刺激着我继续往上走。

我往三楼走，一步都不敢停，因为一停下来就再也没有勇气，也没有力气走了，我已经被自己的想象吓得全身发软。

我走上三楼，一眼就看到了那只放在廊椅上的茶杯。

廊椅与楼廊的栏杆连在一起，栏杆就是椅子的靠背，这种廊椅我是第一次看见，它那种不可移动、一物两用、外形怪异、违反常规的特性我是后来才领悟到的。我首先看到那只青瓷茶杯孤零零地在暗红色的廊椅上，一只杯盖斜盖着，我闪电般地想到这里有人！与此同时我控制不住惊恐，尖叫了一声，我的声音在曲折的楼廊上乱撞一气，然后迅速消失在这机关暗伏的宅楼里。寂静重新虎视眈眈。我在三楼飞快地走了一圈，边走边喊：这里有人吗？我打算用自己的声音来壮胆，结果我听见这声音像一个患了哮喘症的老女人的声音，这使我越发胆战心惊。

三楼还是没有人。

没有人但是有一只茶杯放在廊椅上。我被一种神秘的力量推动着往四楼走。

四楼很奇怪地笼罩在一片温和的薄光中，楼底的阴冷诡秘奇怪地消失了，这使我安静下来，我想到今天可能是星期天（事实上确实就是星期天），而星期天是一个平凡的字眼，它像一个熟人迎面向我走来，使我感到某种安全。

我打算绕廊一周，但我突然看见对面楼廊的一个房间毫不掩饰地敲着门。

我问她姓什么？她后来告诉我，她叫七叶。

七叶生下来就被送了人，她在十四岁到章家当使女之前一直未能打听到她亲生父母的姓名地址。七叶十四岁那年，养父带她到水磨镇卖糠，顺便让她在墟市上卖掉十五个鸡蛋。

七叶卖掉鸡蛋就去糠行找养父，有人告诉她，养父刚卖完糠就被人硬拉去赌钱了，七叶就在糠行老老实实地等养父来叫她回家。

正好这天章家三太太朱凉的使女闯了祸，将朱凉的一条真丝手帕放在手笼上烤穿了一个大洞，朱凉闻到焦味赶到时使女正张着嘴呼呼大睡，这使朱凉对使女的厌恶忍无可忍，朱凉不止一次对老爷章孟达说这使女长得像猫。

朱凉坚决要换掉猫脸使女。

她带着管家在大街上乱找，眼睛专盯着十四五岁的女孩。她怀着找到一个好女孩的心愿穿过了鸡行、猪行、菜行、米行，最后在糠行停住了脚步。

就这样七叶在脚步纷纷、糠屑飞扬的糠行上迎来了她生命中的一个新纪元。她蹲在靠近屋檐的墙柱下，她看见一条黑色的裙子（那时候朱凉还未开始她的旗袍时代）从许多沾着泥、赤着脚的腿的缝隙中移动着。这裙子有一种说不出的洁净与高贵，柔软地散发着隐隐的光，在糠行的青石板上极像是来自另一个世界。七叶紧紧盯着它，生怕一眨眼它就消失在飞扬的糠屑中。

裙子慢慢移动，七叶看到了它的脚，它的鞋。当时高跟皮鞋已经在大中城市流行多年，七叶由于环境局限，却是第一次看到。这裙子和鞋在七叶的面前停了下来，七叶抬起头，看到一张美丽女人的脸正在向她迫近。

七叶被朱凉的眼睛一把抓住，她瞪着眼，看到自己被人从这个糠尘飞扬的下午提出来，一下放进那幢高踞河岸的红楼之中。她后来在红楼的记忆吞没了这个下午之前的所有岁月，她跟在朱凉身后，一步一步，轻盈如飞。

在后来的日子里，章孟达密谋反革命暴动，阴谋败露，从共产党的高参一变而为阶下囚，审讯科长陈农厉声问道：章孟达，你知不知罪？

章孟达：我有何罪？

陈农：十一月五日的暴动，是不是你策划的？

章孟达：什么暴动？

陈农：你不要明知故问。

章孟达：陈科长，在水磨地区，我作为开明人士，带头拥护共产党。我为贵政府做的事情，是有目共睹的，半年来我与政府竭诚合作，你也是我家的座上客，请不要对我有什么怀疑。

陈农：章孟达！你现在已经不是我政府的参议员了。你从策划暴动的那天起，就是我们的敌人，是水磨人民的罪人。

章孟达：陈科长，如果我的确策划了暴动，我愿承担责任。

审讯暂时结束，章孟达被送回一间没有窗户的屋子里关起来，这是一间曾经做过粮仓的屋子，充满了谷物呛鼻的气味。

陈农的宿舍兼办公室就在隔壁。

陈农在陈年谷物的气味中用开水泡剩饭吃，他从窗口看到章家的七叶提着一个木饭盒走进来。七叶清秀、苗条，给人一种清爽之感。从前陈农常常进出章孟达家，每次都是七叶倒茶，有一次客厅里没有别人，陈农对七叶说，七叶你出来参加工作算了。陈农每看到有不错的女孩总忍不住要这样说。七叶却说，三太太对我好，我哪里也不去。七叶的眼睛又大又清，她看了陈农一眼就走了。陈农望着七叶的腰和屁股，既惋惜又失望。

七叶给章孟达送饭要经过陈农的窗口，七叶经过了窗口又折回，带着一身浓郁的米饭香和煎鱼香站在陈农的门口。陈农一面吸着饭菜的香味一面控制着自己，他咽下了一口自己的剩饭，看到七叶还垂着眼睛站在门口，陈农说：七叶，你进来呀！

七叶看着地上说：我不进，我给老爷送饭。

陈农望望饭盒说：我知道。

七叶又说：陈科长，你给开开门吧。

陈农说：你不进来，我怎么开门？

七叶仍不动。陈农说：章孟达现在是策划反革命暴动的头子了，你送的饭，是要检查的。

陈农拿自己吃饭的筷子在木饭盒里翻动，金黄色的煎鱼和碧绿的青菜以一百倍的浓香围绕着陈农，它们肥硕油光、婀娜多姿、咄咄逼人，陈农情不自禁地说道：好香的菜啊！

七叶不做声，她面无表情地看着陈农用他那双洗得不太干净的筷子把一条煎得好好的鱼捣了个七零八落。陈农边捣边

回廊之椅　7

说：我要看仔细，这鱼里面藏没藏字条什么的。

七叶看看陈农，说：陈科长，这菜，你吃一点吧。

陈农的筷子停在煎鱼上，他侧着脸，似乎等七叶再说一次，七叶没再说，陈农悻悻地敲了敲筷子，说：你，送过去吧！

到了下午，陈农又开始提审，章孟达吃了一顿好饭，又养了一会神，气色很好，面目从容，他自信地坐在审讯室里，目光平视，神情坦荡。

章孟达曾经对所有他接触过的共产党人夸口说，他章孟达是整个水磨地区第一个读马克思的书、第一个宣传共产主义学说的人。他建于一九四七年的四层大宅楼，正厅的门口就刻着这样一副对联：

人人有饭吃
个个有衣穿

在四十多年之后我路过水磨，还能在正厅的门口看到依稀可辨的刻痕。它们被刻在坚硬的木柱上，经历了天翻地覆改朝换代，被一层又一层的涂料所涂抹，而未曾消失。

章孟达的确如他所说读过马列的书，他念完高中就回家继承祖业，千顷良田和一个中小型盐矿使他成为水磨邻近几个县首屈一指的富豪。他日进千金、气冲牛斗，玩遍一切时髦的东西，他托人从上海弄来一辆九成新的轿车，买来手摇电话，买来全套餐具茶具，又按照最新最时髦的式样定做了茶几沙发各式家具，在四十二岁那年娶了县城有名的才女加美人朱凉当第三房姨太太，一切都是最好的。这时章孟达的弟弟章希达从省城的大学毕业回来，学到了许多崭新的名词，每次说话，嘴里不是社会主义就是无政府主义，是不把这个在家的土老财放在眼里的。

希达每天穿着干净雪白的衬衣西裤，手捧一卷精装横排书，从二楼的回廊踱到三楼的回廊。三楼回廊的廊椅上，三姨太朱凉正独自倚栏，一袭长裙，一双素手，一杯上好的普洱茶，一本中式线装书（唐诗？宋词？抑或是《红楼梦》？李清照？薛涛？抑或是朱淑贞？），一双秋水满盈的眸子，目光里似怨似嗔，若虚若实。希达弄不清她到底是在看书还是没在看，他站在三楼回廊的另一头，隔着对角线的距离不远不近地欣赏她。

章孟达说：二弟，你不就是个大学生吗，没什么了不起，马克思的书，看了要杀头的，谅你也没这么大胆。章孟达暗地里让人从个旧搞了几本马列的书摆在床头，既杀了希达的威风，又赶上了世界的潮流，还领略了冒险的乐趣。

过了一年，省城的学生运动如火如荼，反蒋的浪潮一浪高过一浪，共产党的工作队开始进军大西南，章孟达才发现，这个时髦是很不好玩的。

陈农吃了一肚子剩饭，半个身子凉飕飕的，又滞又闷很不顺畅，面对脸色红润的章孟达，心里充满了仇恨。他恨章孟达竟如此坦然，恨他有三房太太有一个竟然还是朱凉，恨他被关起来还有人给他送米饭煎鱼，恨他连使女都这样不卑不亢。这样的日子不会太长了，陈农想。

陈农这样想着就把自己振作了起来，关于鱼与米饭的仇恨化作了广阔的胸怀。陈农想,革命洪流就像巨大的岩石,而章孟达不过是鸡蛋,别看他现在圆滚滚饱凸凸的,说让他流汤他就得流汤。

陈农怀着自己是石头的坚硬想法与下午的章孟达对视,他目光严正尖利,要给章孟达的泰然自若以粉碎性的打击,他厉声喊道:章孟达!

后来章孟达的案子那么快就结案,那么快就执行枪决,固然因为章希达的告密,同时与他在这个下午对陈农一笑肯定不无关系。

章孟达对陈农的那声厉喊没有表现出应有的反应,而是一笑,一笑之后说:陈科长,你请说。

陈农一时说不出话。

章孟达!你知不知罪?

朱凉住在三楼的一间房间里,一出门就是廊椅,她在廊椅上铺着钩花的坐垫与靠背,楼栏上挂着吊兰,朱凉每日坐在廊椅上看书或钩花,廊椅上永远放着一只暗红色的有五片花瓣图形的杯垫,杯垫有时托着一杯茶,有时空着。

四十多年后我走上三楼,看到廊椅和茶杯,七叶从对面半敞着门的房间里无声地走出。七叶当时已有六十岁,但她行动轻捷,没有多少老态,她站在对面的回廊上看着我。

你是谁?

我说我是过路的,我十分喜欢这所房子,又古雅又气派,既有楼廊又有廊椅。

她十分专注地看着我的脸,一时没有说话。我问她:这茶杯是你的吗?

她让我坐在廊椅上。

我坐下来,一时身体放松,觉得十分舒服。七叶轻捷地绕过楼廊走到我跟前,几乎没有发出声音。

你是从哪里来的?她问。

我说我从邻近的一个省份来,不是很远,那里也长着木瓜,空气湿润,只是没有四棱豆。我说着这些不重要的话,我知道这有些言不由衷,我同时感觉有某种重要的东西正在接近我,这种东西正是来自对面站着的这个女人。

你从哪里来的?她又问。

我说是一个小县城,而你是肯定不知道的。

她说她肯定知道,她似乎被一种确切的预感所抓住,她坚定地看着我,要我告诉她,我的那个县份名字。

我说我从北流来。

这两个字对她似乎十分意外,她不再说什么,她让我进房间坐坐。

房间里没有特别的东西,比如古瓷瓶,比如屏风漆器,比如笨重威严的椅子木床以及精致的摆设,这一切我想象中的大家物件早就荡然无存,在土改尚未到来时就已经流失殆尽,偶有漏网的,经过四十多年的风云变幻,也都找不到了。七叶作为被压迫阶级,曾经分得章家的浮财,计有太师椅一张、棉被一床、枕头一个、茶杯两只。后来太师椅被四清工作队借去使用,被一场大火烧毁,棉被是三姨太朱凉的,被面是上好的缎子,水红的底,上面是猩红艳丽的玉兰,被面十分漂亮,看上去又软又滑,像水一样。

回廊之椅 11

这床漂亮无比的棉被分到七叶手里的时候朱凉已经在水磨地区消失，以后再也没有找到她，当时最流传的一种说法是朱凉跳河自杀了，但在下游，一直未能找到她的尸体，人们估计，关于朱凉之谜，只有七叶知道。但七叶在破获章孟达一案时起到了重要的作用，人们并不认为七叶有什么阴谋，比如把朱凉藏起来之类。

在那个下午，陈农被章孟达的自信和傲慢所激怒（也许还有别的)，从而失去了应有的耐心，他冷冷地说：算了吧，何必多费唇舌，现在可以马上传章希达，让他来说。

白脸书生章希达天生柔情似水，缺乏英雄气概，他走进审讯室的时候气已全部泄尽，像我们的电影中任何一个革命的敌人一样，垂着头，丧着脸。他属于不狡猾的那类，他听天由命地坐在椅子上，语气平静地说出了暴动的组织，攻打的几套方案，正副指挥，敢死队分子，有多少人，有多少枪。

章希达是陈农打开的第一个缺口，这个缺口开得如此容易，连陈农都有些意想不到。陈农说我们的政策是坦白从宽、抗拒从严，你若坦白了，我们一定从宽处理，否则，必死无疑，你好好想想，是死是活，自己决定。

章希达不知道从哪里想起，怎么想，他的脑子里一片空白，在空白中朱凉美丽的容颜停留在那里，她脸上的轮廓，耳垂上的叶形翡翠，嘴唇上的朱红颜色，点点滴滴，不可抗拒地凝固在章希达的眼前。它们带着真实的颜色和隐隐的香气缭绕，这香气每当希达走到三楼的回廊就能闻到，它们从朱凉的房间散发到楼廊上，气味很淡，让人联想到朱凉的体香和某种叶子焚烧时发出的香气。希达深深地吸了一口气，一个念头固执地充满了他的意识，这个念头像晶体一样放出光芒，锐利而璀璨，它不顾一切，强大无比，从所有的其他念头的头上阔步而过，这个高于一切的东西就是：

活着。

章孟达从陈农说出希达的名字起，就一眼看到了这件事情的悲剧性结局，他在幻觉中感觉到某颗子弹正在提前穿越时空，一丝不苟地、命定地向他逼来。他看到自己被五花大绑地押往河滩，在那里，红色的河水裹挟撞击着大大小小的卵石，轰隆隆地奔腾而过，就在河边，就在光秃而空旷的河滩上，在卵石之中，那颗子弹终于击中了他，那声音像一声闷雷吞噬着章孟达，他看见自己的胸膛绽开着，鲜血喷涌而出，腥甜的气味立即布满河滩，红色的卵石闪着鲜血的光泽。

后来的场景的确就是这样。

在那个审讯的下午，章孟达被一种视死如归的东西所抓住，他怜悯地看了一眼他从来看不上的弟弟，沉默良久。

章孟达，你还有什么可说的吗？

……

章孟达，你还有什么可说的吗？

你们要有证据。

大西南潮湿神秘，天空永远有云雾，房屋前后长着奇形怪状的植物。那里流传着一种"放蛊"的说法。放蛊，就是暗地里让人吃下一种药，这种药用一些古怪的植物或某种稀奇的虫子配制而成，产生的效果亦因配方的不同而各不相同。吃了这药的人便受到了迷惑，干起他本人不愿干的事，或者无缘无故莫名其妙地生出一些病，如肚子疼、颈疼，这就是中了

"蛊"。而"蛊"是可以解的，但须得放"蛊"的人方能解，若这人死了，"蛊"即永不能解，中了"蛊"的人则永世不能得救。

流传最广的传说是，一个外乡人来到一个村子，和村子里的一个寡妇睡了觉，当他准备上路的时候，他发现自己得了一种奇怪的病。那天寡妇送他上路，到了村口，寡妇从怀里掏出一束美丽而古怪的叶子朝他挥动，外乡人一时觉得头昏恶心，他蹲在地上吐了起来，吐过之后他觉得浑身没有力气，外乡人就只好又回到寡妇家里。他打算养好病恢复了力气再继续上路。到了晚上，寡妇告诉他，她在他的饭里放了蛊，若要把它解掉，除非他愿意入门跟她结婚。外乡人急于离开这个瘴气弥漫的村子，便一口答应了寡妇的要求，他想一旦把"蛊"解除，他就立马逃跑。没想到寡妇在解掉此蛊的同时，又放了另一种蛊，从此外乡人再也跑不了了，从此，外乡人每天夜里一边怀念自己阳光明媚的家乡，一边身不由己地同寡妇睡觉。寡妇性欲旺盛（热带女人均如此），虽然比外乡人大了十几岁，却夜夜贪婪不足，在短短几年时间里，寡妇就衰老了（热带女人均早衰），那个外乡人却用这几年的时间学会了放蛊。有一天，他就给这寡妇放了一种最厉害的蛊，寡妇中了蛊之后很快就死了。外乡人一心要复仇，一心要回到自己的家乡，却忽略了一件事情，寡妇给他放的蛊，只有寡妇本人才能解，寡妇死了就没人能解开这种神秘莫测像魔法一样的东西。外乡人绝望地发现了自己永世不再可能得救，他只有日复一日年复一年地生活在这个终年潮湿难耐、永远见不到蓝天的地方，吃一辈子泡得发霉的酸笋酸菜，还有令人作呕的蜂蛹竹虫，长一身厚厚的皮癣。外乡人越想越不甘心，他决意要向当地的姑娘放蛊，以雪深仇。就在外乡人花了几年心血，配制出一种他认为最高明的药方，并即将实施的时候，他发现自己得了一种病，他惊恐地意识到他在不知不觉中被人放了蛊，这是一种更高明的法术，外乡人被这种高明的东西击败，成为一个日渐干枯的沉默老头。

这肯定不是一个美好的传说，我们有理由期待一个更好的结局。比如一位美丽的姑娘爱上了外乡人，而姑娘的父亲既是德高望重的族长，又是法力无边的巫师，他替外乡人解掉了"蛊"，外乡人幸福地和姑娘结了婚，他每天吃着酸笋酸菜、蜂蛹竹虫，他发现这是多么可口的佳肴，他的皮癣退去，长出了一身与当地人毫无二致的橄榄色皮肤。一言以蔽之，外乡人从里到外把自己融入了这片瘴气弥漫的土地，从而过上了幸福的生活。

美满的结局没有出现，在这个传说中，充满了恐惧、绝望、对自身境况的无能为力。在这里，异乡永远像一只阴险的猫，它蹲在暗处，瞪大眼睛，你一不留神它就跳到你面前。

这个感觉长久以来潜伏在我的内心，沉睡未醒。

在水磨，我得了一场重感冒，高烧不退，头昏眼花恶心想吐，我躺在章家宅楼斜对面的小旅馆里，想起了这个有关放蛊的传说。我在昏睡中想到，七叶在我喝的茶中放了蛊，我中了蛊了。但我对这件事还从未有过直接的经验，我认识的人中包括我的九十二岁的外婆也没有中过蛊，这使我对此事半信半疑。因此我又想，这不会是真的。

那天，七叶让我坐在她的床上，我注意到她的房间里除了

回廊之椅　15

床，的确没有供客人落座的地方。在漫长的细雨蒙蒙的日子里，日渐衰老的七叶就坐在门口的廊椅上，像当年朱凉一样喝着茶，缅怀往事。

床上是那只从章家分得的枕头，不知为什么，七叶没有用枕巾把它盖住。这是一只用粉红色缎子做面的枕头，椭圆形，镶着宽大的荷叶边，枕面上绣着一双蓝色的鸳鸯。缎子的质地很好，虽经四十多年时光的磨损，看起来仍有七成新。我赞叹着伸手摸了一下，感觉到有些潮乎乎的，我猜想是刚刚拆洗过。在南方，凡是刚洗过的东西，不管干了没干，摸上去一概是这种感觉。

这时候我突然看到枕头旁边放着一个相框，相框里是一张黑白的女人照片，一个美丽忧郁穿着旗袍的女人。她与这个昏暗的日子，与这个没有椅子的房间，与这个衣着平常的老女人，以及这个边远小镇、这幢韶华已逝的老宅楼，与我置身其中的一切是那样的不相配。我想这照片中的女人至少应该在上海或者南京的某一间宽敞明亮的房间里，周围盛开着大朵大朵的白色百合花。

这是你吗？我问。

七叶说：不是。

她的回答立即传导了一种强烈而怪异的东西，我一时不知道那是什么，同时我觉得头脑十分混乱，不知道自己怎么会来到这样一幢暗红色的旧楼里，面对这样一个枕头边放着女人照片的老女人的房间。

后来我想，如果七叶是一个又老又脏的老男人，看到他枕边的女人照片我肯定不会如此悚然心惊。任何一个男人（不管年龄身份地位)怀念任何一个女人(同样不论年龄身份地位)都可以往美好的爱情那里想象,而且两人之间的差别越大,这中间的爱情故事越是曲折离奇绚丽多姿。

我觉得七叶正盯着我看,她的眼神失却了廊椅上的少许慈祥,变得幽深和含义不明。我说我要走了,我有些头昏,我要回旅馆。

七叶自顾自说,你的眼睛很像她,我还以为你是从她的老家来的。你知道有一个叫博白的地方吗?古时候出过一个美人叫绿珠。(这都是太太说的。太太朱凉在漫长的日子里不经意地将七叶塑造成一个略通文墨、小有知识、懂些情调的女人。)太太就是博白人。七叶用怀念旧情人的语调说着朱凉,她的声音断断续续,浮悬在空气中,就像某种既粗糙又柔和的物质,它们本来属于流逝已久的时间,它们消散在看不见的地方,却在这样一个时刻,受到一个外乡女人眼睛(这与它们有什么神秘的关联呢?)的召唤,它们从过去时空蜿蜒而来,单纯而不朽。它们带着往昔熟悉的步伐奔向床头的黑白照片,使之变得熠熠生辉,美丽非凡。

我决定不告诉七叶,我虽从北流来,但我的老家正是博白县。我担心自己身不由己地陷入某个阴谋。在那个瞬间,我眼前闪电般地掠过一个场面:七叶举着一件年深日久式样古怪的月白色绸缎衣服(这肯定是朱凉的遗物,通过某种十分曲折隐秘的途径保留下来的,每一根丝线都浸染了逝去的岁月,每一粒纽扣都残留着朱凉的印痕)朝我挥舞,她嘴里说道:你的衣服湿了,快换下来。我看到在幽暗的房间里这件白色绸缎衣服在独自晃动,就像朱凉鬼魂附身。

回廊之椅

我什么都没有说。即便这样,七叶仍然把我看作一个与朱凉有着神秘联系的人,在一个细雨蒙蒙的日子,从一个远处来到这里。七叶给我沏了热茶,她说你要是头昏就在我床上躺一会儿。她摸摸索索从门角的墙缝里掏出一小根干草辫,她擦着火柴,一小朵火苗立即从草尖上浮起来,虽然温温绵绵的不甚兴旺,却使这个潮气浓重阴湿幽暗的房间顷刻有了一点明亮的暖色。七叶却一下把火吹灭了,她举着草辫,在床前床后、屋里的各个角落晃动,淡灰的烟拖着小小的轨迹在房间里滑动舞蹈,香草的气味饱满地涨起,房间也因此干燥舒适起来。

这是一个充满善意的举动,它甚至使我想起我的外婆。我小时候,她老人家常常点起一种艾草编成的草辫在我的床上晃来晃去,她黑色宽大的衣襟触碰着我的脸,使我感受到慈爱、充实和安全。

薰草的香气笼罩了我。我安静地坐着,全身放松,同时感到了一种抚慰。这时我注意到,靠床的那面墙上有一个出口的痕迹,可以想象那是一个通道的出口,曾经装着木门,现在已经用砖填上了,只是砖缝没有被固定,似乎用手一扳就可以抽出。

这样的小木门在每层楼梯的拐弯都可以看到,它们通向这所暗红色旧楼的地下通道。章孟达曾经在这里藏过枪支和炸药。陈农在一个下雨的日子里,曾经带领一个班的民兵来搜查。当时七叶正在朱凉的房间里薰草,在连接不断的雨声中她听见一片杂乱无章的声音涌了进来,木鞋拖泥带水地响着,笠帽、蓑衣互相碰撞,还有一两声铁器撞着木头的声音。七叶以为来了几个杀猪的,她探出头,看到戴着笠帽的陈农正指挥着人马在楼梯口的那扇木门上乱撞。柴刀铁锹撞击着质地坚硬的木门,在寒冷的雨意中有点像大年三十厨房里几个砧板同时剁白斩鸡的声音(章孟达的这些木门正是用了一种最坚硬的专门用来做砧板的叫做蚬木的木头),又像有人把被子蚊帐一应大件的东西莫名其妙地拿到了章宅的大天井里捣洗,发出一片捶打的声音。

这片声音兴奋,富有弹性,喜气洋洋,幸灾乐祸。一个以阉猪为生的后生看到在三楼探头的七叶,他大声喊道:七叶,你也下来吧!敲打的声音一阵兴奋,如同纷纷扬扬的石片自天而降,既轻快又沉重,气氛热烈,像造房子或杀猪那样欢快。又有一个人喊道:让三姨太也下来!另一个人呼应道:姨太太都是被压迫阶级。男人们全都听出了另外的意思,他们一声高过一声地说,被压迫得哇哇叫,压疼了,起不来了。他们开心地大笑起来,笑声落在狭窄的楼梯道发出嗡嗡的回声,如蜂群汹涌。

雨意越来越浓,天井里的夹竹桃被裹上了一层铅灰的颜色,空气中寒气弥漫。陈农领着人砸开了四个木门,门内并不像陈农想象的是一个大地下室,可用作秘密会议的地点,而是一个半人高的介于壁橱与地窖之间的封闭空间。这四个楼道夹墙中分别放着咸菜坛子、封缸黑米酒、木薯、红薯、芋头,连枪的气味都没闻到。陈农又冷又饿,忽然看到手下人正用一个竹箩筐往里装着芋头红薯,陈农问:你们这是干什么?手下人说:同志们饿了。陈农迟疑间一个人说:这章孟达,反革命一个,别说吃他点芋头,就是杀他的猪,也是应该的。

杀猪这个词,真是一个十分美好的字眼,在这群又冷又饿的人中焕发出了诱人的光辉，回锅肉的色香从这个词辐射出来，直抵人们的舌尖，在铅灰的雨意中颜色鲜艳地悬浮在鼻子的跟前，想象中的香气涨满了每个人的大脑，因了杀猪这个词的召唤，人们顷刻振作了起来。有人呼应道：杀他的猪。许多声音说：杀他的猪，杀反革命的猪，杀猪！杀猪！共同的诱惑使这个声音迅速变得整齐划一，铿锵有力，变成了统一的意志，这个意志覆盖着陈农的大脑，他不由自主地说道：杀猪。

猪的嚎叫声凄厉地回荡在整个章家宅院，从一楼直抵四楼，先期下锅的红薯和芋头已经飘出甜丝丝的香气，给这个寒气浓重的下午混进了些许温和的气息。

七叶到厨房给朱凉的手炉加火炭，她看到一头大白猪被捆住了四肢放倒在大天井里，猪颈上淤着一摊血。雨已经变小了，毛毛细雨飘落在猪身上，将颈前的血慢慢冲淡。有人提着一大木桶滚烫的水甩摆着之字形走过来，浓白的水汽晃动着，在他面前形成一道厚薄不均的气墙，他的上半身隐没在一片白色中，面目不清，只有他穿着草鞋的双脚一步一步劈开水汽，他湿漉漉的裤脚互相摩擦，发出猎猎之声，很像红旗在风中飘动发出的声音，那只硕大的上了黑桐油的木水桶被这双脚牵动着，径直走向天井里被刺破颈喉的猪。他将这桶滚烫的水举起来，哗的一下倒在猪身上，浓白的水汽腾的一下铺天盖地地升起来。这些水汽在锅里被一再加热，它们憋足了劲，鼓足了热情，它们是水中的热情分子，现在在它们一下被释放了出来，它们迫不及待地奔涌而出，它们舞蹈、歌唱、扭动、喊叫，蔚为壮观，在铅灰色的雨意中，这一大片白色的水汽既辉煌又恐怖。

当白气消散的时候，一个人拿着一根铁条走近，他蹲下来，把铁条往猪脚上切开的一个口子拼命捅，使皮和肉撕裂、分离，然后他用嘴贴近那个猪脚上的口子，一下一下往里吹气。猪的身体一点点胀大，一点点变成了一个椭圆形的充气体。

手持菜刀的人就过来了。菜刀闪闪发亮，它们刚刚在红色的磨刀石上经受磨砺，去尽了锈斑和污垢，磨平了凹凸，它们一无杂念一往无前锋利无比，在铅灰色的下午闪闪发亮。手持菜刀的人在吹胀气的猪身上刮毛，认真，专注。

七叶加了火炭往楼上走，满耳刮猪毛的声音。她走到三楼回廊的时候，朝天井下面看了一眼，她看到这猪已被刮净了毛，四肢也松了绑，正四仰八叉地躺在暗绿色的天井中，极像一个被剥光了衣服的人，令人毛骨悚然。

雨又开始下了起来，无边无际，从河滩那边漫过来，发出蚕虫吃木薯叶（此地没有桑叶）的细小声音。天越来越暗了，陈农领着人又打开了两个墙门。木门一砸开，陈农就闻到了铁和油的气味，这是一种陈农熟悉的气味，他深深地吸了一大口，就像一个饥饿的人闻到了好吃的东西。陈农让人从厨房点了一根松明送上来，在冒着浓烟的火光中，他发现了这两个还未来得及放上任何东西的地窖（或壁橱）空荡荡的地上有油纸的纸片。

这是用来包裹枪支的。

陈农长长地出了一口气，当他再次吸气的时候他隐隐闻到了回锅肉的香味，这香味一经进入陈农的意识，立即浓重地从楼梯奔涌而上。陈农想，杀猪杀对了，章孟达就是反革命。他举着裹枪的油纸，心里想，不知章孟达把枪转移到什么地方去了。

整个搜查过程中，朱凉始终没有离开她的房间，她甚至没有离开过她的躺椅。撞门和杀猪的声音从楼梯和天井传进来，它们同时到达朱凉和七叶，它们在朱凉身上消遁，却在七叶体内曲折而快速地奔走，然后从她狭窄的喉咙再度冲出，夸张而变形，它们声势浩大，一次比一次强大和真实，一次比一次恐怖。

这个下午朱凉让七叶找来了所有的香炉，在案头、梳妆台、床头柜、桌子、椅子等所有的地方全都安上了薰草，淡绿色的干枯叶子像一些细小别致的栏栅，参差不齐地竖在房间里，既古怪又可笑。淡灰色的烟从毛茸茸的草叶间缓缓上升，它们修长的手指柔软地伸向朱凉，抚摸她冰冷的双手和脸庞。房间里一片草香。

朱凉在寒冷的季节里极少薰草，除非是特别潮湿的日子。

我躺在章家宅楼对面的小旅馆里，看到夏夜的星辰在降临。在夏天，朱凉躺在竹榻上，她穿着薄如蝉翼的纱衣，洁白，透明。在酷热的夏天，朱凉在竹榻上常常侧身而卧，她丰满的线条在浅色的纱衣中三分隐秘七分裸露，她乳房和腰肢的完美使男人和女人同样感到触目惊心。

七叶常常面对这样的朱凉。

七叶从糠市上跟朱凉来到章宅，在正对着天井的回廊上看到两个穿得很鲜亮的女人靠着廊柱嗑瓜子，一个老些胖些，另一个年轻且俏丽，嘴唇上方有一颗明显的黑痣。后来七叶知道，她们一个是大太太，一个是二太太。二太太看到七叶就"哟"了一声，大声说：这回算是挑着了。七叶从她们旁边经过时，二太太摸了摸她的头。

七叶干的第一件事就是给朱凉打水洗脸，她在回廊上再次碰到了二太太，二太太诡秘地笑着说：三太太整日不说话，老爷想宠她都不知道怎么宠。二太太拍拍七叶肩膀，又说：你来了就好了。

在亚热带的广大区域，在夏季闷热的日子里，人们每天洗澡，有时一日数次，她们用铁桶或者木桶，在狭窄的洗澡间，或者在天井用木板竹席圈围着，或者在厕所，或者在柴房，在一切有下水道或出水口的地方，在那些隐蔽的地方撩拨桶里的清水，冲洗她们灼热发黏的肌肤。亚热带没有集体澡堂一类的设施，没有众人一起沐浴的习惯，她们不能在别的女人面前裸露自己，从最富的人到最穷的人，全都单独洗澡。我很小时就知道，北方最可怕的不是寒冷，而是洗澡。一想到要在别的女人面前脱光衣服，生长在亚热带的人就感到绝望，她们出门总要拎上一只桶，以便在任何情况下能用一桶水回到她们的习惯中。我上大学是在故乡以北的中原城市，在头两年，即使到了零下七八摄氏度，我也不敢到热气蒸腾的澡堂去，每每想到那个赤裸裸的处所，总有一种魂飞魄散的恐惧。怕的是什么？是美？还是自身？我至今无法精确地描述。大学时代已经过去很多年，现在在我的眼前浮现的，是寒冷冬天的灰色台阶，一些瘦小的女孩拎着热水往上走，她们皮肤相仿，眼睛大而深陷，她们来自广东、广西的城市和小镇，她们把水拎到洗漱间，在广大的寒冷中，细小的热气在晃动。这些瘦小的女孩中有一个

回廊之椅　23

就是我。

直到第三个学年我才逐渐摆脱这种莫名其妙的不敢正视别人裸体的心理。那次我被同屋拉着一起进了澡堂。我一路紧张着，进了门就开始冒汗，我用眼角的余光瞟见别人飞快地脱去衣服，光着身子行走自若，迅速消失在蒸汽弥漫的隔墙那边。我胡乱脱了外面的衣服，穿着内衣就走进喷淋间，只见里面白茫茫一片，黑的毛发和白的肉体在浓稠的蒸汽中飘浮，胳臂和大腿呈现着各种多变的姿势，乳房、臀部以及两腿之间隐秘的部位正仰对着喷头奔腾而出的水流，激起一连串亢奋的尖叫声。我昏眩着心惊胆战地脱去胸罩和内裤，正在这时，我忽然听见一个声音大声叫出我的名字，我心中一惊，瞬时觉得所有的眼睛都像子弹一样落到了我第一次当众裸露的身体上，我身上的毛孔敏感而坚韧地忍受着它细小的颤动，耳朵里的声音骤然消失，大脑里一片空白。

我绝望得就要哭出来，这时我的同学从人群中走出，她牵着我，一直把我牵到喷头的下方，她说：你不要怕。温暖的水流从我的头顶一直流下来，流遍我的全身，在水流中我一再听见一个温暖的声音对我说：你不要怕。这个声音一直进入我的内心，我终于忍不住哭了起来。眼泪如注。

因此我想，这个朱凉，这个我的同乡，生活在四十多年前，她一定比我更害怕在女人面前裸露自己的躯体，她在七叶面前一次次裸露自己，一定是要跟自己内心的某种东西（比如害怕）对抗。

在炎热的夏天，中午时分，七叶把清凉的井水端上房间，朱凉总要把上衣解开，她俯着身，把脸浸在水里，慢慢吐出气泡，这是一种以水泡按摩皮肤的特殊的美容法，她深深沉浸于其中，然后她把脸擦干，再俯身将前胸浸泡在大铜盆里，同时发出一两声轻微的吸气声，然后换上一件又大又软的丝质衣服，她坚挺的体形在空荡荡的衣服里若隐若现，凹凸有致。

她在竹榻上午睡，她睡觉的时候让七叶坐在旁边，她一旦入睡，身上就会散发出一种美丽女人浓睡时散发的香气，这是一种奇怪的现象。

朱凉在竹榻上午睡，她的香气由淡变浓，细小的毛孔悄然张开，像一些细小的门窗，那些香气袭人的小精灵翕动着翅膀从那里飞出，露出它们洁净的面容。我怀疑这是一些来自上天的香气，它流经人间，在新鲜的花朵和植物以及美丽的女人身上停留。

七叶在朱凉死后的许多年，在许多个炎热夏天的无数个漫长下午，独坐室内，总是一次次听见从洗澡间传来的拍巴掌的声音。这是一些奇怪的声音，既像豆荚爆裂，又像竹片在水面上拍打，它们富有节奏，轻重不均，一串串地从那个青苔气浓重的潮湿处走出，清脆而滞重，如果仔细倾听，会有一丝滑腻的摩擦音，它们脱离了产生它们的身体，变成一些单独的声音飘荡在空中。这是朱凉洗澡时拍打身体的声音。

这个女人不知从何时始，为了什么样的理由养成了这样一个毛病，这本来是上了年纪的人（比如过了五十岁）松筋舒骨的伎俩，按照我的推算，朱凉在四几年最多二十六七岁，远没有到腰酸背痛的时候。朱凉洗澡总是要花费比别的太太多两倍的时间，她让七叶在她全身的所有地方拍打一遍，她那美丽的

回廊之椅

裸体在太阳落山光线变化最丰富的时刻呈现在七叶的面前。落日的暗红颜色停留在她湿淋淋而闪亮的裸体上，像上了一层绝妙的油彩，四周暗淡无色，只有她的肩膀和乳房浮动在蒸汽中，暗红色的落日余晖经过漫长的夏日就是为了等待这一时刻，它顺应了某种魔力，将它全部的光辉照亮了这个人，它用尽了沉落之前的最后力量，将它最最丰富最最微妙的光统统洒落在她的身上。

她身上的水滴由暗红变成淡红，变成灰红、浅灰、深灰，七叶的双手不停地拍打她的全身，在她的肩头不停地浇些热水，她舒服地吟叫，声音极轻，像某种虫子。

很难想象有哪两个女人的关系是如此的紧密，这使我们很容易想到同性恋，从七叶一闪而过的诡秘神情和多年以后她对朱凉的忠诚和深情，使我推断她们之间有些不同寻常的东西。

但这是不可知的，这是一个必须严守的秘密，这个秘密随着另一个人的消失而愈益珍贵，它像一种沉重的气体，分布在这间暗红色宅楼的房间里，你无论如何也看不见它们。我们只能看见，当年章孟达到三姨太太朱凉的房中过夜，天亮之后他从房里踱出，脸上总是布满疲倦和困惑的神色，朱凉亦是如此。

陈农没有在章宅搜到枪支，他在既无奈又无聊的夜晚到河边散步，望见章宅临河那面墙上有一个菱形的窗口，遮住窗口的是一方猩红色的窗帘，质地柔软下垂，有几次被风卷起一角，终于未能看清窗内。陈农想到这窗里住着章孟达的三姨太，想到三姨太他心里顿时别开生面。章孟达在暴动败露之前是共产党政府的参议员，他家的客厅是议事之处，陈农在章家进出，时常看见美丽的朱凉坐在三楼回廊的廊椅上，看书或者钩花。现在章孟达事发，大太太二太太带着孩子回娘家了。大太太娘家有钱有势，虽然以后会划一个地主成分，但不至于被镇压。二太太娘家是殷实之家，陈农在心里按照《中国社会各阶级的分析》将之划在富农与上中农之间，并且认为，只要老老实实过日子，不会成什么问题。

只有朱凉，朱凉的名字和她美丽的面容在陈农心里唤起了一丝惜香怜玉的感情。陈农是省城郊县烟农的儿子，由叔父资助读了一些书，小资情调隐藏在骨子里的某些看不见的地方。陈农胸怀革命的大目标，别开生面（或鬼迷心窍）地打算动员朱凉站在革命的一边，指出章孟达藏枪的地方，从而获得再生的机会。

陈农站在河边的红色卵石上眺望那个窗帘低垂的菱形窗口，决定连夜提审三姨太。

陈农临时决定避开镇公所的那间枯燥无味公文气十足的办公室兼卧房，他想起自己的臭袜子和弄脏的内裤一起塞在席子底下，散发着亦酸亦腥的霉味，他对自己强调着另一个理由：章孟达弟兄也关在镇公所，不应让他们见面。

夜幕降临的时候陈农把朱凉叫到了镇上的小学校，小学的几间屋子一片漆黑，悄无声息。七叶陪朱凉来到门口，她们正拿不定主意是不是应该进去，忽然门内有个人一下按亮了电筒，电筒光射在朱凉的脸上和身上，使她一时睁不开眼睛。那个声音说：就你一个人进去。他拦住七叶说：你先回去，我会送她回去的。

朱凉跟在陈农身后走进一间虚掩着的小屋子，陈农说：你

回廊之椅　27

不要怕。

陈农说：我很同情你。

陈农说：你不是自愿嫁给章孟达的吧？

陈农说：你娘家一个人都没有了吗？

陈农说：常常看见你坐在廊椅上看书。

陈农说：你以后怎么办呢？

陈农说：章孟达死定了，壁洞里找到了裹枪的油纸。

陈农叹了一口气说：你还很年轻啊！

夜晚细小的风在室内无声地穿行，把煤油灯的火苗撩得一跳一跳的。七叶站在大门口看着朱凉被电筒光牵引着走进深不可测的黑暗之处，她决心守着她，她坐在大门口的青石台上，用一只鞋隔开冰凉的石气。她目不转睛地望着黑暗中的那粒灯火，她看到它在浓重的黑夜中格外细小、微弱，并且飘忽不定。

她忽然看到这粒灯火在一次晃动之后没有回到原来的位置，它无声地在黑暗中消失了，就好像这门里本来就这么黑，从来没有点过灯似的。七叶一边站起身一边惊慌地叫着：太太——太太——

她穿着一只鞋就往里面跑，她踩着了一只松果摔了一跤，她坐在地上大声喊道：太太——

同时她听见朱凉在喊：七叶，七叶。

两个声音在黑暗中互相找着了对方，它们在空中交汇、触碰，彼此呼应，恰似这种交汇的结果，灯重新亮了起来，陈农说：七叶，你还没走吗？

陈农又说：七叶，别害怕，刚才一阵风把灯吹灭了。

第二天下午陈农领着人在山林深处一棵老榕树上找到了四支用油纸包裹着伪装得很好的步枪，这是章家雇来专门挑水的担佬告诉陈农的，担佬后来在分浮财的时候分得了章孟达房间中的大部分家具。

此后章家的下人有知道藏枪之地的都先后举报了，朱凉命七叶亦去举报，她把一个藏枪最多的地方告诉了七叶。在那些日子里，漫山都是找枪的人，他们兴致勃勃，叫喊着，唱着歌，挥舞着柴刀，劈开树杈和茅草，在亚热带的原始森林里蜿蜒而行，然后他们到达一棵大树底下，他们抬头仰望，巨大的树冠遮天蔽日，层层密实的树叶像大海。面对大海的人们脑子里想着一杆枪，他们中的某一个人用手指出了记号，就像一双神的手，伸手一划，深不可测的茫茫大海瞬间向两边分开，海水退去，乌黑发亮的枪安然露出它们珍贵的容颜。他们顺着记号望去，看到了在浓密暗绿的枝叶间隐约可见的包裹。

乌黑发亮的枪安然露出它们珍贵的容颜。

在那些日子里，秘藏的枪一支又一支地找到了，它们闪着油亮的光泽翩然而至，像黑色的巨型针叶或花瓣，这朵黑色的花就要喷出火焰，乌黑的枪口就要对准章孟达的脑袋了。

执行枪决的地点是河滩，章家宅楼有一面墙对着那里，那面墙的三楼有一个菱形窗口，窗帘低垂，窗外视野开阔，一直可以望到对岸，对岸有一棵孤零零的木瓜树。

陈农平时傍晚的时候喜欢到那里抽烟。

枯水季节的河滩卵石裸露，河床放大，细小的红色水流从卵石中间曲折流动，像一条细长丑陋的红色的蛇，它支汊繁

回廊之椅　29

多，遍布在卵石的缝隙中。刚刚下了场大雨（枯水期的雨水极其少有），卵石们在河滩上湿淋淋地闪耀着红色的亮光，密密麻麻大大小小，像一片雨后新生的蘑菇，色泽鲜艳。鲜艳的蘑菇散发着白色有毒的气体，云朵低低地悬在河谷上。

章孟达就这样被押到了河滩上。

他和章希达以及敢死队的队长三人一起被押到了河滩上，章希达完全没有想到这样一个结局，供是白招了，密是白告了，祖宗的跟前是永远也说不清了。希达转过头，看了看自家那幢暗红色的宅楼，他感到这面暗红色的墙壁正冷着脸朝他压过来，不动声色中有无比威严。那个菱形窗口恰似一张张开的嘴，恐怖之物就要从那里出来，又像一只独眼，一眨不眨地望着他。希达软软地瘫了下来，一泡热尿从腿根一直流到鞋底，他被两个人架着往前走，他软软地看到大哥孟达戴着高帽稳稳地走在前面。

他们向河边走去，他们被分排在高低不平的卵石上，面对那条像蛇一样曲折细小的河流，背对着那幢代表了当地最高水平的庞大宅楼（在章孟达作为开明人士的时期，曾经向大西南工作队的共产党人夸口说，这幢宅楼日后一定是本县人民政府的所在地。章孟达死后一年，这个预言成了事实，县政府头两年设在此处，迁走之后成为盐矿的矿办所在地）。章孟达被一枪打倒，他像一根木桩直直地倒在卵石上。敢死队队长连中三枪，他大喊一声，滚到了细长的水边，一只手落在红色的河水里。章希达没被击中就倒在了地上，七八发子弹击不中要害，验尸的时候发现还有气，又被补了两枪。

一九九一年章孟达的儿子从美国回来探亲（他的生母二姨

太还活着），以投资三百万美元建设家乡为条件，要求给父亲平反，他的陈词中认为他父亲章孟达是民主人士，对政府有过贡献，要求提得有理有据，县财政和统战部门均认为不成问题，只需过一下核实手续。下来了解情况的人找到了陈农，被陈农坚决驳回，此事终未成为现实。次年春天，二姨太病逝，美国的儿子奔丧之后一去无音讯。

朱凉的失踪很久以后才被人们注意到，当时工作队任务繁多，还来不及处理章家大宅及其浮财，家中下人均已遣散，只剩下三姨太朱凉和使女七叶。

陈农在黄昏的时候照例到河滩抽烟，河滩上人血的腥甜气味和子弹的火药味尚未消散殆尽，它们在低低的云层下面滑腻地飘荡着。陈农吸着水烟，心里无端地有些发空，这时他看见朱凉领着七叶及两个汉子来收尸。他们推着一辆木车，车上放着几床丝绵被，朱凉从车上拖下一床最新的丝被，亲手包裹了章孟达的身体，其余两人则由那两个汉子动手，他们将裹好的尸体小心往木车上放，然后辘辘地拉着走了。

河滩上光秃秃的，陈农和朱凉他们彼此能望得见，但自始至终，朱凉没有朝陈农这边望。

有几天陈农没到河滩上散步，他到地区开了一个会，回来时路过章家宅楼，他推门走入，里面空无一人，一股阴森之气朝他凝望，使他身上无端发冷。陈农在三楼的廊椅上找到穿着白衣白裤像鬼一样的七叶，她眼眶深陷，明显消瘦，陈农没有从她嘴里打听出朱凉的下落。

镇上的人们都认为朱凉死了，有人曾经到一处水深的地方打捞过尸体，没有找到，下游也至今没有消息。

朱凉的死一直是个十分幽深的谜，事隔四十多年，七叶同样未能给我提供一个确切的答案，但我总是在七叶的眼里看到一种游游移移的东西，使我直觉到朱凉的死七叶肯定是知道的。

我在病中七叶曾经到小旅馆来过一趟，她说她去买菜，路过旅馆门口，记起我说过住在这里，就进来了。她说章宅的后园有一种治感冒的草，捣烂后用来熬粥，十分好使，若我想要，明天她给我带来。

我既迷糊又恍惚，我说我自己可以去取。我跟在七叶身后，再次来到章家的红色宅楼，门无声地张开，我看见里面有一些衣着古怪的人，他们站在天井的夹竹桃树下，对我和七叶视而不见，像是有一种寂静的空间阻隔着她们。我跟在七叶身后，穿过幽静的天井和回廊，走进一间看样子是正厅的房间，里面既黑又大，我只能看到七叶的衣角在我面前隐隐飘动。正厅的屏风后面有一窄小通道，穿过通道就到了后园，这是一块平缓的坡地，靠围墙放着一些大水缸，像天井那样的夹竹桃参差立着，其余就没看见别的。

七叶让我等着，她去找草药，然后一转身就不见了。我在陌生的后园拼命想找到七叶，我盲目地到每一口大缸和每一棵夹竹桃的后面找她，我听见自己的声音像一种奇怪的虫子在鸣叫，七叶却无声无息地消失了。我发现在靠近楼墙的一只大缸的旁边有一扇隐秘的木门，与我在楼梯的边墙看到的那种十分相像，我用手一推，木门轻易就被推开了，我注意到合页很润滑，像是经常被打开的样子。我弯腰从木门进去，发现里面是一个夹墙，有一张桌子那么宽，有一种我熟悉的气味从夹墙的深处散发出来,我想起那正是七叶薰草的气味。我摸索着往深处走,我全身紧张手心出汗,我想我就要看到什么了。

我隐约看到前面坐着一个女人,我大声喊七叶,却无人答应,那个女人像没听见似的一动不动,我壮着胆往前走近,那女人低着头,我看不清她的脸,只看见她穿着一件旧式旗袍,这旗袍使我想起了七叶枕边的那张照片,我想这人正是朱凉无疑了。我轻轻叫了一声,她还是没有抬头,我壮着胆伸出手碰了她一下,指尖上悚然感到一阵僵硬冰冷,我吓得转身就跑,忙乱中撞到了一个什么机关,这个人形标本(或是假的?)僵硬地抬起了脖子,发出一声类似于女人的叹息那样的声音。

我吓得魂飞魄散。

半夜里我在旅馆醒来,暗暗庆幸这只是一个噩梦,我出了一身汗,脑子里清醒了一些,我决定第二天一早就走。我隐隐感到,如果我再住下去,很可能就会真的中蛊了。七叶苍老的面容、梦中朱凉的人形标本以及那张黑白照片中美丽的倩影像一些冰凉的叶片从空中俯向我,带着已逝岁月的气味和游丝,构成另一个真假难辨的空间,这个空间越来越真实,使我难逃其中。

我想我的确要走了。

第二天一早,我搭了一辆运盐的货车离开了此地,路上我想,不知七叶是否真的挖了草药送给我。

一九八二年我大学毕业,身上带着七十块钱只身漫游大西南,这对一个二十几岁的女孩子来说,算得上是一番壮举,就是在那次漫游中,我路过了水磨。这次游历艰苦离奇,在我的生命中留下了深刻的痕迹。

　　一九九二年秋天,我所服务的报社到该地区搞了一次活动,回来的时候,同事们从景洪坐飞机返回省城,我坚持坐汽车,这使我有机会再次路过水磨。我找到十年前进去过的章家宅楼,门口仍然挂着盐矿办公室的牌子,我向传达室的年轻人打听七叶,她一时有些茫然,我解释说就是住在三楼的老女人,她说那是七婆,是原来这里看门兼烧开水的,三个月前刚刚去世。我向她打听七叶的情况,她说她只知道她孤身一人,没儿没女,如果我想写文章,她外婆或许知道。车还在等着我,我匆匆跑到后园看了一眼就离开了此地。

　　一九九三年一月,该地区发生了六点五级地震,不知那幢红楼震塌了没有。

原载《钟山》1993年第4期
2003年4月18日修订

西北偏北之二三

林 白

*

出门的理由有许多种，其中一种叫做，不问阴晴圆缺，管他赵钱孙李，说走就走。当然，这得有股子热情。作为一个马上就要四十岁的人，赖最锋相当希望自己还拥有这种类似于冲动的东西。事实上，一年前他就想来一趟额济纳，那时候，春河刚刚失踪。

到额济纳可以先从北京到呼和浩特，再从呼市换火车到额济纳，但他舍近求远，先到兰州，再到张掖，然后坐长途班车到额济纳。他喜欢一种想象中的千辛万苦的感觉，也因为，这条线路更古老，更西域，而沿途的武威曾经叫凉州张掖曾经叫甘州，想一想著名的凉州词八声甘州什么的吧。当然，同时，春河一年前就是从武汉到北京，再到兰州，然后坐旅游大巴到张掖，再到额济纳的。他也就决定这样走一趟。不同的是，她跟了一个自助旅行团队,是从武汉坐飞机出发,他则独自一人,从北京,坐火车。

说起来,春河跟他没什么直接关系,暗恋对象而已。她比他大三岁,在学校时,他刚上初一,她就已经上高一,她高考,他才刚刚中考。为了接近春河,他跟她哥哥交了朋友,这都得益于他在《圭宁报》副刊的职业。春河的哥哥是聋哑学校的体育老师,股骨头坏死之后提前病退。他写些文章,赖最锋为了让他多发表,在他的《圭江》副刊上给他开了个专栏。不过好景不长,才一年多,上面取消县市级报纸广播电台电视台,《圭宁报》及《圭江》副刊一并烟消云散。

赖最锋倾向于认为,春河失踪是她自己的选择,但大多数人不这样看,那一阵,媒体有不少版面报道此事,后来就不再提了。一般人都会认为,这个失踪的女白领,八成是被害了。

行李简单,只背了一只背包——两件长袖T恤、一件帽衫、一件厚布外套、一件薄羽绒衣。在北京四年,赖最锋渐渐接受了某些知名的运动品牌,这比普通品牌贵一到两倍甚至更多,但质量好,耐久,而且板型帅气,穿上身的确提神一些。尤其像他这种不够高有点瘦有佝背习惯的人,穿上品牌运动服,居然也显得硬朗挺拔起来。

此外还随身带了一个纸本子,这是早年留下来的习惯。虽然已不再写诗,但时常还是有一些句子从脑子里飘出来,他会习惯性地从口袋里掏出本子,记下来。将来自己看,或者,写一点东西。至于能否写成,那都是天知道的事。也有可能不再写,本子里记下的永远只是些碎片,像沙粒,成不了一座建筑。会有一些遗憾,但人生就是由遗憾堆积起来的,到现在为止，生活根本就不是遗憾能概括的，遗憾算得了什么呢，什么都不算。

当年疯癫冒失，如今失败落寞。自从离开《圭宁报》，他就再也没有写过诗。不知道是不写诗所以不再冒失疯癫，还是因为不再疯癫冒失而写不出诗。十月份到来的时候，他忽然意识到，自己马上就要满四十岁了，步入中年，热情消失，荷尔蒙大概也所剩无几。

四年前他把"鸟巢"幼儿园的一大摊子事扔给老婆，自己跑到北京参加一个半年制的影视编剧短训班。之后就留了下来。给一线编剧当枪手，写过两部不咸不淡的电视连续剧的初稿，之后到一家民营文化公司做图书推广，积累了两三年，好歹搬离了地下室。春河失踪，仿佛当头一棒。同代人中忽然有人没了，而且几乎是，最重要的人。当头一棒，然后悠久的震荡。

赖最锋在硬卧车厢的上铺，对他而言，难受的不是越过中铺爬到上铺，而是窝在上铺腰伸不直，即使侧斜着，头也会撞到车顶。但他不愿意坐到过道，他喜欢一个单独的空间，周围没有人来来去去，列车的上铺几乎就是这样一个密室，甚至比密室更妙，你可以看见过道、中铺和下铺，以及窗外飞速向后的房屋田野山峦和树林，而它们完全看不到你。

仰面躺着，有时趴在枕头上。

人终有一死，失踪把死的空间变大了。如果她去动手术，然后化疗，放疗，人骨瘦如柴，头发掉光，那又会好到哪里去。她母亲韦医生最相信现代医学，想保守治疗都保守不了。最终一定是在药气浓稠的病房里，全身插满管子，痛苦地离开这个世界。额济纳的好地方多的是，湿地的芦苇，成群的红嘴鸥从遥远的西伯利亚飞过来；有大湖，一个叫做居延海的地方；有著名的胡杨林，近年来总是冷不防地遇见这个，在电视、微博、酒店某间客房的镜框里。是，在沙漠里生长，死后千年不倒，倒后千年不朽。那些金黄色，那些横陈地上千奇百怪的树干，嶙峋而坚硬。

列车有节奏地摇晃，单调的咣荡声，以及窗外连绵不断的光秃土色山峦都有一种抚慰人心的作用，赖最锋杂乱的心思渐渐沉静下来。心中长年的乱麻仿佛被快速行进的火车一下一下梳着，乱麻一根根自动列出了头绪，接成了一根长长的麻线。

他此行并不是某个一闪而过的念头那样，追寻某人的踪迹，不过是，自己想出来换个心境，振作一下，把乱七八糟湿乎乎的自己拎出来晾一晾。

这些年，过得实在是有些乱糟糟的。大学毕业，从省城回到圭宁，巴掌大的圭宁，像样的单位没几个，而且也不是给平民的孩子准备的。在郊区中学当了几年语文老师，干得悲观厌世，却得了一个"赖最疯"的绰号。忽然各个县都办了报纸、广播电台、电视台。总算时来运转，新成立的《圭宁报》要找一个文学青年来编副刊，好歹考了进去。好日子没过几年，上面又不让县城办报纸了，回家办幼儿园，整日骑着摩托车去望街岭买菜，永不消散的鲢鱼的腥气和永不停歇的孩子们的嚷嚷声。断然离开圭宁，当北漂，住地下室，吃方便面，到大学里混，看一些戏，听一些摇滚演唱会，白写了一些电视剧本，也挣到了一点当枪手的钱。最后还去了家虽然是民营，但还不错的文化公司，但还是觉得心里没有着落，永远不安稳。媒体上经常说到的"文化民工",不错,就是指他这一类的人。他不知道在哪可以找到自己想要的生活,而想要的生活是什么也从来不够明确。一直以来他想离婚,想要等到春河需要他的时候,可以陪着她。但多年来离这个梦想似乎是越来越远,到现在,天人永隔。

幼儿园还办着,减了一半规模,是老婆在管着。

老婆就是老婆,强悍、能干、麻利,相当于胡适的江冬秀,但比江冬秀更宽容。她知道他心里放着冯春河,但从来不点破,她聪明,仿佛一眼就看出了此事的虚幻性质。家是她的,儿子是她的,幼儿园也是她的,有这些就够了,至于赖最锋,那是个书呆子兼疯子,随他怎么折腾。老婆对他还是好的,说不清是爱还是怜惜,再说分得那么清也是无聊。在孤独的地下室的夜晚,赖最锋有时也会怀着温情想起老婆和儿子,他拨家里的电话,没人接,过了一会儿老婆打过来,问:有什么事?没事别吓我。硬邦邦的,寡淡,无味。不过到了第三句又变了,问:你地址变没变?给你寄了桂圆和腊肠。他还想说什么还没说出来,老婆又补上一句:腊肠放入电饭锅饭面上一蒸,饭好菜也好了,晓得不了?你个傻头!

也就是说,他是有退路的,圭宁、老婆、家,都是他的退路。而春河没有退路。

有几年,春河完全处于一种漂浮状态。在银行里除了上班还要拉储蓄,每月都有定额。所谓拉储蓄,是要擅长交际的,要活络,能说会道。要奔赴各种饭局,要善饮,要识逗,更重要的是,要经得起调戏。春河不是这块料。焦虑、黯淡、沉闷,仿佛被压断了肋骨。从燕子变成了石头。越来越重,越来越硬，越来越冰凉。买断工龄辞职，单位一次性付给三万元，从此一刀两断。医疗、养老再无保障。毫不打扮，不参加同学聚会，对时装没兴趣，饭量大减，人瘦得惊心。总算去了武汉的企业，月薪三千块，管吃住，两人一间宿舍。但她病了。妇科病。不正常的生活，无路可走，无从梳理，长久的忧愁，暗处的伤口，被自己唾弃的人生。

我是生死不明的流浪汉/一艘沉没的轮船。赖最锋脑子里忽然跳出了这一句诗。说来奇怪，四五年没有写过诗了，阅读也少。大概因为人在路上，脑子的灰尘抖掉了，以前印象深的句子会自动跳出来。如同少数热爱诗歌的文科大学生，赖最锋先是喜欢海子，后来一转就到了茨维塔耶娃，他发现自己喜欢女诗人，狄金森、普拉斯、毕巧普、阿赫玛托娃。她们虽然是女诗人，却超越性别，但在超越性别的同时，还是天才中的女性。如果有人告诉他，这些诗是男诗人写的，他马上就觉得乏味很多。赖最锋喜欢女性诗歌，也喜欢某些女作家的小说，比如，麦卡勒斯，弗兰纳里·奥康纳，不过他还是更喜欢女性诗歌。他不知不觉地形成了这样的观念：男人和女人的写作有着深刻的区别，女性诗歌是天籁，试想，如果茨维塔耶娃的那些诗是男诗人写的，那是多么的不对劲。"她全身盖满了淤泥/像光束照射在碎石上！/我高高地爱过你：/我把自己埋葬在天空上"，是，完全不对劲，是女诗人让诗歌有了不可思议的魅力。基于这种认识，他对自己放弃诗歌写作心安理得。

"河水的羊，灯光的嘴。"到了兰州，脑子里跳出这两句，好像是一首摇滚里的歌词，就叫《西北偏北》。十几小时比想象的要快，在车上只吃了一顿。下午在北京西站上的火车，第二天早上就到了。晚饭吃了列车上的盒饭，早上没吃早餐，下车去吃了兰州拉面。汤是清的，辣椒油是红的，青蒜是绿的，三种颜色鲜明地汪在大碗里，心满意足。又加了佐菜，酱牛肉、卤蛋、酸菜。面要了最细的那种，吃下去，全身热乎乎的。

在兰州换成了长途客车，路修得很好，完全没有想象中的颠簸和辛苦。一路想着心事，看着西北的景色。黄土、干涸的河流、焦黄或暗绿的庄稼、戈壁滩和沙漠、贴地的芨芨草和骆驼刺、满是灰尘的低矮的红柳，还看到了祁连山山顶的雪，不算多，但总算是白的，远远看去，也是壮观。明代的古长城是土夯的，矮得让人不敢相信这就是长城。经过几百年，现在最多只能挡住羊——人类的力量终究渺小。路过著名的酒泉卫星发射中心，戈壁深处独然耸立的航天发射塔，远看不过是一个铁架子，也并不高。路过高台时看到吓人的标语："小心别泄密，泄密就枪毙"。标语刷在一个部队大门两边的墙上，有三重岗哨。

*

到达镇的时候已经是傍晚，赖最锋拎着行囊，在长途车站旁边的面店吃了一大碗面，又要了一甜一咸两只芝麻饼带回去，准备晚上饿时吃，之后才到酒店登记入住。酒店是网上订好的，所以并不着急。这段时间是旅游淡季，因为此地最著名的沙漠胡杨林的叶子已经颓败失色，叶子虽未落下，但不再金黄，大多数变成了泥土一样的颜色，少数即使还是黄色的，也失却了那种金色坚硬的光芒，再也没有人们所期待的纯然夺目的美感了。酒店空得很，网上预订折扣更大。而在旺季，全国的摄影师都跑来了，业余的专业的长枪短炮蜂拥而至，别说一个标准间，仅一张加床也得五百大元。

进到酒店，赖最锋略为意外地看到了一伙北京游客——听她们的口音就能断定。吱吱喳喳的几个人同时在抱怨什么，几个人说的是一个意思：酒店外表不错，怎么连个电梯都没有，行李怎么拿上去。有人说干脆换个酒店，领头的说，钱都打那公司了，酒店是对方订的。大家克服一下。

奇怪得很，这六七个人是一色的女性，领头的看上去有点像《黄金时代》里的丁玲，也是短发，看她的脸，大概有五十岁以上，身材灵巧有活力，又像只有四十出头。其余各人，衣服穿得长长短短，各有看头。有穿短裙高跟鞋的，有穿长裙旅游鞋的；套头针织长衫长到膝盖，外头一件薄皮夹克；一件修身休闲小西服，头肩搭一条素花大披肩。以黑色为主体，也有红的绿的鲜艳颜色一段一段地跳出来，那是她们的领口、腰、腿。种种名堂姹紫嫣红，赖最锋看得眼花缭乱。有一个穿紧身牛仔裤的女孩，外面套了件黑色镂空长衫，长到腿肚子，外面一件红色的短款坎肩，肩上是艳绿艳红的花色，一边耳朵打着三只小耳钉，头发短得像男生。她拿着手机一连串地说：……你还得找两个运动品牌，耐克和卡帕，家电也找一两个，海信和海尔，饮料这块，找个康师傅，你牛你找可乐也行，不过话说回来人家得认你……都带到北京来……你得事先约好，这阵我事特多。声音是小女生的爽嫩细脆，话却说得像家大业大的主管。

领头的女人一转身看到赖最锋，冲他一笑，她的眼睛又大又亮又深，非常有吸引力。赖最锋感到心里一跳，像是被谁打了一鞭子。他慌乱地冲她点点头，忽然又想起来什么，几乎是跳起来说：我来帮，你们的箱子，我来我来。

女人的箱子跟男人的很不同，干净，有一种说不出来的妩媚感，有人的箱子还隐隐透出若有若无的香水气，当然了，她们的衣服是香的。总而言之，如果你知道了一只箱子是女人的，那它立即就有了某种魅力。赖最锋乐于搬动这些箱子，他一手一只，快步走上楼梯，箱子的主人在后头跟着，说：慢点慢点歇会吧。他在房门口轻轻放下箱子，仿佛里面装着贵重物品。女人们在他身后笑脸盈盈道谢，你真好。

他片刻也不停留，动听的声音在后脑勺银铃似的震荡，你真好，你真好。两三个来回之后他才到大堂办理自己的入住，之后目无斜视地直上他的四层房间。

这个酒店虽然没有电梯，却供应早餐。次日早上他们在餐厅碰到了，领头的短发女人在盛小米粥，她顺便也给赖最锋盛一勺，对他说：谢谢你昨天帮忙。两人就算正式认识了。她叫齐援疆，这七八个人是她组的团，都是她"地平线"的志愿者。团队的人陆续下来用餐，大多数人换了一身新的行头，让人眼睛一亮。赖最锋猜不出来她们平时是干什么的，总之大多数会是白领吧。

春河混在她们中间会怎样呢？

她们当中谁都不像她，她谁都不像。不过春河就是跟着一个团队来到额济纳的，网上组成的团队，驴友们。她在一丛红柳后面解小手，让队友们先走两分钟，她马上就来。结果再也没有见到她。

西北偏北之二三　　43

额济纳，十年前，他做梦也没想到会来到这个地方。海子写的那首献给萍水相逢的额济纳姑娘他倒还有些印象，北斗七星，七座村庄，沙漠深处你居住的地方，额济纳！沙漠深处，戈壁深处，当然是。不过这个地方虽然叫镇，因是旅游点，有不少酒店和餐馆，并不荒凉。根本就不是他想象中的"沙漠深处"的样子。

胡杨林、黑河故城遗址、居延海，赖最锋都不算特别感兴趣，如果跟个游客似的投入这些名堂，那他就成了来旅游的，而他压根就不认为自己是个游客。他不过是来走走看看，来晾晾快要发霉的自己。而额济纳这个地名，既切合了他的想象，又和春河的轨迹重合。

他毫无目的地在街面上走了个来回，饭馆一家连着一家，以川菜馆拉面馆为主，赖最锋走进昨天的那家，又买了两个芝麻馅饼带上，他准备到周边转转，饿了就当中饭。这种馅饼特别好吃，尤其是甜的圆的那种，外面是一层白芝麻，里面是红豆沙，香甜脆软兼有，面发得真好，加之又炸得恰到好处。咸的那种是长形的，外面没有芝麻，是一层酥皮，也好吃，不过略逊于甜馅饼。

转过街角，有个中年男人上来问他去不去二道桥。人突兀，地名陌生，赖最锋一时反应不过来。二道桥，我去那干什么？男人奇怪道：去看胡杨林啊，这还用问。

对，胡杨林，赖最锋仿佛如梦初醒，他基本上把胡杨林忘记了。原来是辆黑车，景区门票要二百四十元，黑车把人带进去，六十块就行。见赖最锋不置可否，男人自动把价降到四十，就成交了。

上了车，两三分钟就出了城，果然一路的胡杨林都被铁丝网围了起来。车开出没多远就到了一个卡口，一根长长的树干拦着，两辆小面包车正被拦下。黑车男人神气地绕过两辆面包车，路障被设卡的人迅速挪开，黑车轻快地一径开入，在一处开阔的路面停了下来。男人指点着说，这就是二道桥，往下是三道桥、四道桥、五道桥……一直到八道桥，你就慢慢转吧，长着呢。他积极地把赖最锋从二道桥的收票口领进去，然后就消失了。

铁丝网围着的树林里，有木板铺成的栈道，比走沙地轻松舒服，还有供休息的木墩，有厕所。赖最锋从一片林子走到另一片林子，见有一处土色的围墙，院墙外有牌子，是一个什么王爷的府第，他进去转了转，脑子空空的。看胡杨林的黄金时间确实是过去了，据说黄金期只有一周左右，没想到这种死了千年不倒，倒了千年不朽的树木，它叶子上的光芒跟樱花一样短暂。

赖最锋只到了四道桥就回来了，时候早得很，他在大堂里闲坐。没有人入住，也没有人离开，大堂里静悄悄的。如果齐援疆那伙人进来就好了，无论老的小的，她们真是让人提神的一群。

*

天黑透的时候他才出去吃晚饭，刚走进一家川菜馆，就听见一群女人吱吱喳喳的声音，正是她们。她们刚从居延海回来，看见了大群红嘴鸥，这些鸥鸟从西伯利亚飞来越冬，停留在这个称作海的淡水湖边。她们拍了无数照片，这会儿正兴奋地亮出来互相炫耀。人人脸上都闪着光,热气腾腾的,她们也让赖最锋看得意的照片。照片上的红嘴鸥是灰色的、肥的、憨憨的,一只只卧在空地上晒太阳。湿地的大片芦苇是麦黄色的,有湖水,有天空,红嘴鸥飞起来了,它们的翅膀长而有力。

有人还拍到了一只特别大的白鹤,在芦苇的深处一闪。拍到白鹤的是一个看起来有些病恹恹的女人,她脸色白得有些不同寻常,始终戴着一顶黑色的绒线帽子,每个人都喊热的时候也没摘下来。她兴奋着,喘着气让大家看,那只白鹤正要飞起来,细细的长腿,长而弯的脖子,全身羽毛纯然白色。大家纷纷说,姐是一个有福气的人,我们都没看见,只你一人看见了,而且还拍下来了。姐,一定会有奇迹的。病女子看着她的白鹤,脸上微笑着,眼里有着光。过了一会,神情慢慢淡了,眼里的光也远了。她得了绝症,最后的心愿就是出来逛一趟,看看美景,以兹别过。"地平线"的人都是陪她的,当然,她们自己也要来玩。

齐援疆招呼赖最锋跟她们拼桌,她们纷纷说,多个男生挺好的。有人拿出在路边买的本地葡萄,赖最锋抢着拿去洗干净,又去后厨要了一只大海碗,盛好端上,摆在桌子中央。女士们大多低着头看手机刷微博,有人忽然说,哎,快看这个。是一个喜欢标新立异的女人,并不知名,自称行为艺术家,她在网上晒出了她到达武汉的照片。她这次行为艺术的题目叫《身体》,内容是不带一分钱上路,以身体为资本,走遍全中国。她从深圳出发,先到了广州,又到了长沙,现在到了武汉,每到一地,她会在网上发表她的日志,并配以照片。据说,一路畅通,她住过的酒店、坐过的航班、吃过的饭馆,等等,都一一得到了露脸的机会。如此活色生香,网上点击量也飙得高高低低的。而各地有点钱又有点文化,或者虽然没有文化却喜好刺激的男人们无不摩拳擦掌,等着她的绣球抛到自己头上。菜还没上来,众人说得热烈,一个说,叫个《身体》也还是含蓄了,不如直接叫《身体旅行》。另一个就接上来,说,叫《卖身旅行》。又一个接上来说,这就是男权强势,掌握了更多的资源,女性出卖色相换取所需,若是一个没有任何知名度的男人,搞这么一个身体旅行,绝对砸。

吃完晚饭出来,赖最锋看到了她们租的车,车不够好,虽然也说不上破旧,但真的不够好,鬼才知道是怎么回事,按说,起码也得是像样些的越野车,这辆面包车真配不上她们。

她们吱吱喳喳上了车,从一片吱喳中赖最锋领悟到她们好像不是回酒店,而是要出城看星星。他朝她们挥挥手以示告别,就有人嚷道,还有空位呢,你也上来吧。正犹豫间,在一旁抽烟的齐援疆走近车门,朝他微笑道:一起去吧!他便受了催眠似的,一声不吭上了车。

长久以来,赖最锋在女人面前适应了这样的角色:仆役。她们喜欢邀他一起玩,使唤他,支配他,拿他当保镖,或者拿他开心。相熟的女文友说,反正你就是一个毫无危险的男人。是的,不危险,等同于没有魅力,不会让女人紧张、心跳。同时他看上去忠心耿耿,老实厚道,自从他不再写诗,他的性格平和多了,不再神经质,大多数时候寡言。他真是一个女性团队中的理想的男同伴。

到戈壁滩看星星,是一些没见过真正的星空的人热衷的

西北偏北之二三

事，赖最锋小时候在圭宁小城，只要走到河边就没什么光线干扰了，河水黑漆漆的，天也黑漆漆的，在黑而透的天空上，镶满密密麻麻的繁星，出门几步就是圭江河，那里有河风，在夏天，谁不到河边乘凉呢，要看星星和银河，抬头即可，哪至于现在要跑几千公里上万里路。也的确，在北京，无论春夏秋冬，即使没有雾霾，能见到的星星也只有数得过来的几颗，哪怕是小城圭宁，现在也不可能看见当年繁星满天的景象了。

达镇只有几条街道，一眨眼就出了城，虽然没了大片的灯光，但还不够黑，远近散落的民居或远处的小镇，那些一小点一小片的灯光都会影响到星空的完美。车一直往前开，雇来的当地司机大概不是第一次干这事了，他早已见惯这些吃饱了撑的城里人的古怪行径。他沉默着不言语，车呼呼地向前，四面黑漆漆的，只有车前灯开辟的一条狭窄通道，两边红柳密密有一人多高，仿佛两边均是高壁。没有对面开过来的车，越发显得封闭。已经出城很远了，已经够黑，车还没有停下来的意思。四面戈壁荒无人烟，司机一言不发，车子一味冲驶，仿佛要冲进一个深不见底的黑暗之渊。车里气氛有点紧张，一车女人，默默地静着。

还好，往前走了不多时，车好歹停了下来。大家觉得简直走得太远了，其实也不过才一二十公里。这里有一处岔路，路面稍开阔，路基和戈壁也几乎持平。

一落地，赖最锋心中一震，他感到自己忽然掉进了一个有着密密光点的巨大洞穴中，密密麻麻重叠闪烁的光点轰隆隆，从四面奔涌而来。他惊得有些摇晃，好歹站稳，才挣扎着深吸了一大口气。

浩大星空笼罩四野，用不着抬头，星星密密的就在眼前，难以想象的多，难以想象的亮，万亿星星蜂拥着环绕四野并鼓荡着激流，它们在宇宙深处奔涌，令人晕眩。不要说那些生长在城里的女孩，就连赖最锋，在未经开发的边远小镇度过了童年的人，此时也着实被镇住了。

　　齐援疆让大家看银河。一道银白的漫洇的星流，河心的两股是断开的，相离相偎成漩涡状。她说，看看我们的头顶，那就是银河的河心！只见著名的北斗七星悬在地平线上方，几乎是平躺的，它斗口朝上，闪闪仰着。赖最锋从未见过躺在地平线边缘上的北斗七星。牛郎织女星在哪里呢？有人知道吗？齐援疆大声问，赖最锋本来是知道的，但他忘了。二十多年未见，实在是久违了。他茫然地望着银河两边。齐援疆指点给大家看，在离河心稍远处的下方，牛郎挑着一对儿女，中间一颗星，两头各一颗，离它远些的是男孩，近的是女孩，因为男孩重女孩轻。再看右上方，有一簇小星星集在一堆，那是天梭座，六颗至八颗星星，时而六，时而七，时而八，它们是淘气的，只有最犀利的眼睛才能捉到，而人类的视力已大大降低。

　　天鹅座A在哪里呢？已经忘记了。齐援疆很小的时候（大概三岁）听舅舅说过。舅舅留美归国，后来被送到甘肃的夹边沟农场劳动并死在那里。车从张掖到额济纳路过了夹边沟，很多年前她和母亲去过一次，那时候就已经改成了林场，只有两排平房，完全看不出当年有三千多知识分子在那里改造思想。

　　也都久久望着。银河的河心，那相依相偎的两段星流、那闪闪仰着的北斗七星、那牛郎织女、那天梭，以及那蜂拥、奔旋、鼓荡着的全体星星的激流。赖最锋仰身躺倒在戈壁滩上，他最大限度地摊开四肢，亿万星星从遥远的宇宙深处发着热，呼呼俯向这个敞开四肢的人，他感到裸露的脸、摊开的四肢，被这些密密的光点击打着，一直跳进他的血液里。他感到自己大概又会重新变得疯癫狂妄冒失冲动，潜伏在他身体里的那个小人儿就要神秘复活了。是的是的，银河的河心非同小可。

刚上车，赖最锋发现他的手机不见了，大家热心着下车找，齐援疆把她们赶回了车上，自己陪赖最锋下到戈壁滩。她拨他的手机号，果然，在漆黑的戈壁滩上，有一处小小的闪亮，是他仰躺时从口袋里掉了出来。一切顺利，车里气氛松弛兴奋，人也变得爱说话。齐援疆说起戈壁和沙漠，她说出城看了一回星星，这次大西北就没白来。

齐援疆生在新疆，从小见惯戈壁的星空。上个世纪七十年代末上大学前，在乌鲁木齐，东方红拖拉机厂，是锅炉房的水处理工，每天不停地往水管子里倒盐水以防止结水垢。三班倒，每年六个月干这个，剩下的六个月切割钢板。水处理班全是青年女工，只有她一个人考取了大学，厂子倒闭了，厂址地皮被房地产商买了，工人买断工龄，每月五百元。

赖最锋很想跟这个齐援疆多聊会儿，但回来的路似乎比去时短很多，一眨眼就到了酒店。回到房间，赖最锋还很兴奋，他拿出小笔记本和笔，想在上面写点什么。结果什么也没写出来，倒是想起了几句诗。毛茸茸的星星，多毛的星星……迷失在其他的绵羊中/奔向那有着金毛的羊群……茨维塔耶娃的诗句。奇怪得很，想起的这几句，跟他的感受几无共通之处，毛茸茸的、多毛的星星，他看到的星星可不是毛茸茸的，没有毛，戈壁滩上空的星星干燥光洁，这里的星星不是金毛的羊群,而是……诗都是蛮不讲理的。

*

吃过早餐,太阳已经升得老高,赖最锋打算在达镇再走一走,昨天从四道桥返回时,路过一片水域,在水的中央,长着三棵胡杨树,它们叶子金黄,倒影完美,岸上还横着几棵粗大扭曲的树干,在夕阳下呈现一种久远的灰白色。如果略去不远处的公路,那真有点像仙境。他信步朝出城的方向行去。

本以为会在早餐的时候再次碰上她们,但是一个都没有,餐厅里只是陆续进来一些西北口音的男人,看上去是来开会的。赖最锋到大堂总台打听,才知她们已经退了房,昨天半夜,团队有人发病去看急诊,估计是情况危急,凌晨五点多她们就退了房走了。齐援疆倒是给了他一个名片,她们"地平线"也要男志愿者的。而且手机上也保存了她打的手机号,可以发个短信问问,不过,还是没发。这些女人是什么职业,他到底也不晓得。那个三耳钉女孩,她其实跟春河在网上聊过天,那个网名为"春眠不觉晓"的网友去年失踪,她知道,她还帮着转发微博寻人;那个一直穿一件玫红色冲锋衣的女孩,是一个网络写手,不太知名,但已经写了几百万字;还有那个IT女孩,喜欢在微博上发表简短高见,自称是杂家。她们跟赖最锋都可能有共同的熟人。不过他们就擦肩而过了。

赖最锋走过拉面馆,四川菜馆,早餐铺子,杂货铺。路边还有一处烂尾楼,三层砖楼,红色的砖裸露着已经有些陈旧,看样子烂尾多时了。一处空当,进去是一条土路,路边上吹过来一些肮脏的手纸,大概是路人把烂尾楼后面当成露天厕所。

也难怪，此地的公共厕所实在脏得可怕，即使是收费厕所，即使收了每人三元，也仍然污秽横流飞虫成片，根本没法下脚。过了这空当，又是一家川菜馆。不是饭点，有个中年妇人坐在门口嗑瓜子，一个女孩子蹲在台阶下。乍一看，赖最锋以为是小孩蹲着大小便，这倒也不稀奇。但这小孩也太大了一点，少说也有八九岁，再一看，还不止，大概有个十四五岁。她呢也并不是大小便，没开裆裤，穿得端端正正的，也算干净。她一动不动，样子反常。嗑瓜子的妇人冲赖最锋笑道：大哥，吃饭？炒菜米饭面，样样有。又冲蹲着的女孩喊道：翘儿，还不赶紧起来，挡人的道！女孩仍不动，像没听见。妇人走下台阶，把女孩拽起。说，犯了毛病，说自己是蘑菇，傻头啊。

赖最锋想起来，曾看过一本关于疯子的书，是有一类精神病患者坚信自己是蘑菇或者石头什么的。那都是些离奇的人，这跟眼前的女孩大概不是一回事。他往前走，路过一间墙上刷着"驼绒"两字的小砖房。他往里探了一下头，看见入门的地上散着一些毛茸茸的东西，浅褐色，大概这就是驼绒。有一把很大的木弓，一个男人坐在靠墙的一把条凳上吸烟，水烟筒吸得咕咕响。

云完全散尽，天是蓝的，天地亮崭崭一片，赖最锋深吸了好几大口空气，干燥，有阳光和干爽的草气，而北京这几天正是雾霾黄色预警，躲过了，有小小的庆幸。路上车不多，久久才过一辆。一辆小型农用车，运了一车香瓜；一辆大卡车，运一车压成方块的干草；还有一辆，装的是一车半大不小的猪，猪们挤在铁笼子里，有一只发出了悠长的嚎叫，声音随车远去，一直拖到路的尽头。又路过一大片瓜田，匪夷所思的是，香瓜遍野，只只饱满，却颜色暗淡，瓜藤干枯，看上去像是一片弃田。赖最锋下到地垄，捡了一根棍子捅那瓜，一捅就有浑浊的瓜汁流出。早就烂透了。他拍了几张照片，一路想着给这被丢弃的瓜田取一个触目惊心的标题。

那片水域就到了。除了水域，确实很难用别的词概括它，既不是河，也不是湖，当然更不是水洼，比水洼辽阔得多，岸边没有平缓的坡地，陡然入水，没有草。从不远处堆起的沙堆看，很可能是大量挖沙之后形成的连绵低地，聚了雨水，就成了湖。而当初长在陆地的胡杨树也就长在了水中，正在岸边的几大截扭曲的树干恰好留在了原地，搭上那种久远的灰白色，局部的仙境就形成了——就像某些诗，要裁掉一大半，剩下的两句才是有诗意的。

他在倒伏的粗大树干上坐了一小会儿，然后绕到水域的对面。路很难走，没有所谓的路，几大堆沙之间的低洼处是湿的，一脚踩下去是稀泥，好在不深，没不过脚脖子。拐弯处是密密的红柳，低矮分杈冲冲撞撞。视野很好，安静，他在沙地上坐着，又躺下，阳光晃眼，他眯起来，眯得眼角处全是细细密密的皱纹。

在沙地上躺了一会儿，掏出手机看了看，又收起来。看着齐援疆的手机号码，他想起自己落下的手机在戈壁滩上亮起的一小片，四野黑沉沉，这一小片亮光既孤独又奇特。有些怅然若失。但渐渐，仿佛从另一个方向不断得到灌溉，内心不久又满了起来。笼罩四野的星空银河河心仰着的北斗星以及她们的脸庞悦耳的声音衣服上的色彩，在他的身体里来来去去，像电影画面，也像梦，但比梦都更真切。虽然真切，却已消散殆

西北偏北之二三　53

尽,所以还是像梦一样。

好闻的空气有一点润泽,却并不湿冷,人暖融融的,全身松软。银河的气泡内部咕咕作响并发酵,他闭上了眼睛,太阳光在摊开的四肢荡来荡去,星空,银河的气泡,地平线,天梭座啊齐援疆,北斗七星口朝上,我爱女人身体黑色的甜蜜。这个老头真想得出,黑色的甜蜜,如果老了还能写诗就写这样的诗。我并不希望与她们做爱,我的双目渴求她们……为了创作一部颂歌中的颂歌,给一小小的,多毛的,不能被驯服的动物。在半醒半睡中,不久前看到的米沃什晚年的诗一簇一簇地在他脑子里掠过,像此地又肥又大的喜鹊,一只接一只地飞过他身体上方的天空。

醒来时他发现太阳已经偏到公路的那一侧了,他坐起来,发现透过水域中的三棵胡杨树拍落日是个不错的选择,倒映的光,剪影,错落有致的树。可惜这树太瘦,又弱,不够有力,如果是半倒伏的大树,像刚才坐的几棵,那效果,定然是,又狰狞,又有力,又悲哀。但落日的方向不在那里。

*

他慢慢往回走,绕过水域回到公路。太阳离真正落下还有两竿子高,空气明显比上午凉多了。他加快脚步离开了这片有着胡杨倒影的水域。

有点饿,他想起除了早餐,他将近一整天都没有吃饭了。大步走了一阵,越发饿,见到路边有一家川菜馆就一头撞了进去,坐下后看了一会菜单,上午那个坐在门口嗑瓜子的妇人走过来,她胸有成竹地朝他笑着,仿佛他来是她早就预料到的。

她朗声道：大哥，来了。赖最锋要了一个青椒炒肉丝，一个粉皮白菜，以及米饭。店堂里架着一台厚厚的老电视，虽然旧脏，但画面还清晰，正在播着一部古装打斗片。老板娘找到遥控器，说，给，先看看电视吧，菜很快就好。又自作主张把台调到播新闻的画面。

电视里在插播一条重要新闻，张掖监狱有三名重刑犯越狱，他们杀死一名看守人员，于凌晨四点逃脱，现司法局、公安厅、省武警总队、监狱管理局和张掖监狱等部门已经成立了追逃工作指挥部，组织布控，全面开展搜捕。同时发布通缉令和悬赏通告，发动群众提供线索，对提供有效线索的奖励人民币十万元，直接协助抓获罪犯的奖励人民币二十万元。老板娘也站着看，她问道：这不会跑到这边来吧？赖最锋说，张掖到额济纳有五六百公里，远着呢。不过啊，也难说，越狱的人非同小可。

一个女孩端上青椒炒肉丝，青椒还配了几丝红椒，黄的姜白的蒜黑的花椒，颜色很不错，腾腾冒着香气，赖最锋夹了一筷子送进嘴里，味道很好。他发现女孩站在跟前，冲他亲切地笑着，对于一个端菜的服务员，这笑容实在有些过头。蹭了一会儿，女孩瞪着眼睛看他，说，张哥，你不认识我啦？

赖最锋定眼看她，女孩个子小小的，头上别了一只金色的塑料树叶形发卡，像一片胡杨叶子沾在了头发上，穿一件粉色的毛衣，领口处缀着一片弯弯的小珠子，有点像童装，但她的胸部丰满，被衣服紧紧裹着。如果不看胸部，从她的个子和脸上的神情看，也就十五六岁，甚至更小。但显然，她或者更大。只听老板娘叫道，翘儿，端菜。老板娘又对赖最锋解释

西北偏北之二三

说，没事，她喜欢谁就管谁叫张哥，别理她就是。

赖最锋想起来，上午他路过时，就是这个女孩蹲在地上。她端上粉皮白菜，然后坐在旁边的座位上，盯着电视看。但显然，她对电视上的农业大丰收新闻并不感兴趣，她坐在旁边，一厢情愿地陪着赖最锋。只见她撑着脸在出神，她的脸是典型的娃娃脸，又圆又鼓，眉毛淡淡的，眼睛眯缝，两边有小而浅的酒窝，塌鼻。像年画上骑鲤鱼的娃娃。她出了一会神，忽然又咧开了嘴。

吃完饭付了钱出来，赖最锋往十字路口走。他走过上午的杂货铺和卖烧饼的早餐铺子，杂货铺敞着的厅堂摆上了饭桌，一家人挤在一起吃晚饭，大碗面条，大碗西红柿肉末，大葱，大蒜，男人女人孩子，吃得呼呼有声。过马路时赖最锋回头看车，却看见刚才叫他张哥的女孩跟在他后面。赖最锋说：你跟着我啊？女孩说，我晓得的，大哥是好人。赖最锋默不作声。跨着大步往前走。女孩小跑着趋在他身后，一边喊道：别走那么快啊，我都跟不上了！"真是见鬼"，赖最锋嘀咕着，同时慢下来。女孩赶上他，喘着气，脸上红红的，她用手掌扇着散热，整个人热气腾腾。

*

说起来，赖最锋有过一次……经历，那是刚从圭宁到北京的一个夏天，一个写诗的朋友给他带来的。朋友喜欢这种事，吹嘘他的多次经历，他说一个男人，一辈子没嫖过一次，那算什么男人呢。他们喝酒，喝得越多这事就越显得合理。朋友说，你情绪不高，是荷尔蒙水平低，找个妞儿睡一觉就好了。

谈什么爱情呢，麻烦，后患无穷。他给赖最锋倒啤酒，倒了一杯又一杯。他边喝边对赖最锋进行启蒙，真的真的，这真没什么稀奇，连托尔斯泰年轻时都嫖过娼，人生需要减压，哥们儿。他把赖最锋的胳膊搭在他的肩头上，半架着走出小馆子。赖最锋迷迷糊糊地坐上出租车，摇摇晃晃在一个小区门口下了车。哥们儿半架着他，两人上了楼梯。只听见咣晃一声门响，自己就咚地摔到了一张硬板床上，仿佛是从漂了很久的河水里沉到了河底。先待着吧，到时候我再叫醒你。哥们儿的声音从上面传来，隔了一层厚厚的水，他硬撑着用手在空气里捞了一下，手很重，像被绑了沙袋。他就歇着了。过了不知多久，也许是深夜一两点，或者两三点，他在河底听见门响，虽然迷糊，却也能听出是女人的脚步声，一阵香气从门口呼的一下撞过来，略停了一停，又飘过去了。他觉得鼻子有点痒，就像某种粉蝶进了屋，带来看不见的粉末，而粉末落到了他的鼻孔里。

他渐渐清醒，在彻底醒过来之前听觉异常敏锐，床响，床响得那个，刺激。他们在做，哥们儿说，你怎么不叫？我喜欢听女人叫。就听见女人喘气喘着喘着就变成了哼哼，又变成了浪声，然后叫了起来，仿佛先有人掐她脖子然后又松了手，女人真是各种各样的，老婆就从来不叫，一声不吭，像段木头。忽然听见一声沉闷的长嚎，所有声音突然沉入了河底。他完全清醒了，睁开眼，看见拧暗的黄光从隔间透过。

他的身体不管不顾地膨胀起来，坚硬、灼热、锐利，他不得不握住了自己。顶灯忽然亮了，他来不及缩手。哥们儿拍拍他，说：赶紧去爽一把吧，别憋坏了。

西北偏北之二三　　57

除了这些,他还记得那女人热乎乎有些黏滞的身体,她身上的香水味道跟刚进门时也有了不同,混杂了某种生殖的腥甜气而变得不洁,看不清楚她的脸,他想把灯拧亮,找不到开关,事后回想,估计即使找到开关也会迟疑,突然一个完全陌生的女人赤条条地在你眼前,纤毫毕现,这种视觉冲击自己未必承受得住。也猜不准她的年龄,除了自己老婆他几乎没别的经验,从二十到三十都有可能,现在的女人,三十多岁冒充二十多岁的多的是。

总之是发泄了一次,也说不上有多么的刺激,完了就完了,甚至也说不上有多爽。花掉了五百块钱。之后让自己尽快忘记这件事。

现在,女孩坐在酒店房间唯一的一张椅子上,她腿短,双脚悬着晃荡。她自说自话跟着赖最锋回到酒店,一进房间她就天经地义理所当然地说,我帮你按摩吧,按摩一下就舒服了。赖最锋放她进房间已有些后悔,这时打定了主意不做这事。他说,不用。他任由她坐在椅子上晃腿,什么时候腿晃累了她就该走了吧。这个女孩有点奇怪,他打算看看她有什么招数。不过招数像是用词不当。不过是,一个没心机的女孩,犯傻、犯愣、不管不顾、一根筋。大概就是这样。

赖最锋打开房间里的电视,那上面又在播放三名重刑犯越狱的新闻,就这么一会儿的工夫,事情却有了最新进展,一共越狱三个人,有两名已被抓获,最后一名目前还在追捕中,此人四十岁,身高一米六九,因抢劫、强奸罪被判二十年有期徒刑,服刑三年,余刑十六年三个月。之后又是会议新闻领导下基层农业大丰收。赖最锋频频换台,好的电视剧太少,大多数不怎么样。这也难怪,大编剧搭好架子,小枪手往里填内容,不过就是力气活,谁会真正把心血扔在那里面,连个名都不署的。

女孩无辜地望着他:你干吗不跟我说话呢?赖最锋不应,她更认真问道:干吗呢?赖最锋说,你干吗,你说你干吗。她低声道,你就是,嫌弃我。赖最锋忍不住看她一眼,她一脸委屈的样子,让人好笑。

她甚至抽了一下鼻子,当她把下巴往回缩的时候嘴角旁边出现了一对小酒窝,这让赖最锋心里一动。关于酒窝,他想起小时在圭宁听老人说过,这酒窝是前世的一个记号,有酒窝的人都是抿着嘴不肯喝孟婆汤的,因不愿忘掉这一世的事,要到来生找上一世的情分,所以呢,"你一定不要对有酒窝的人使横,说不好她是你上一世的什么人呢"。关于这些玄虚事,赖最锋基本上半信半疑,在某些时候,甚至信的程度更大。因为母亲信,母亲是中学物理老师,按理应该相信科学,但他有一次听见她跟八姨说,这一世我是没什么想头了,尽是苦,尽是恨,只望下一世。他记得母亲长叹一口气,说了一句他一直不明白的话:下一世还不知他在哪里呢,都是渺茫的事。

跟这个平白无故冒出来的女孩能有什么牵扯,这也太离谱了。他说:你赶紧走吧,这路不近呢。想起刚才的新闻,又补了一句,小心坏人,那越狱犯说不好从张掖跑到额济纳来了。女孩本来已经把脚探下地,听到说起坏人,就又站住不动。她瞪着眼睛望着赖最锋,脸上忽然有一种历尽沧桑的神情。"我早就碰到过坏人了,我十一岁的时候就碰到过。"

赖最锋沉下心来,看着女孩,女孩却又不说话了。

碰到坏人的事可想而知。父母外出打工，家里只有老人，小学本来离家不远，适龄儿童越来越少，学校不断撤销合并，变得越来越远，路越远越危险。这样的事情大概乡下很不少。

她却忽然又说起来。她说棉花地里很暗，摩托车突突响，喷黑烟，有只猫在蛇皮袋里闷着，那人的手有汗，摸她的奶，又啃她满脸口水，全身都压着她，像块大石板。猫叫得呜呜的，帮她哭。全身是软的，两腿就被掰开了，那个地方像有根铁棍子捅进去，棍子插进肉里，又痛又腥。事关可怕的经历，女孩却乐于详细描述，她以一种透不过气的口吻讲述她的黑暗过往，仿佛那是一部值得反复讲述的恐怖电影，既惊险刺激又有不同寻常的快感。

赖最锋完全进入了情景，他仿佛看见了一个粗壮的男人正压在这个小女孩的身上，她挣扎着叫喊却发不出声音，

棉花地、摩托车和蛇皮袋里的猫，全都历历在目。他想表达他的愤慨，又想表达他的同情，但他一眼看到女孩丰满的胸部，一时又不知说什么好了。

女孩却忽然说起了猫。你吃过猫肉吗？她冷不防问道。赖最锋说，怎么忽然想到这个？女孩问，你们城里人是不是都吃猫肉？赖最锋说，我也不是什么城里人，不过城里人肯定不吃猫肉。他想起老家圭宁每年荔枝季的狗肉节，每年都会在网络上沸沸扬扬，有的动物保护主义者还专门来到圭宁拦截运有活狗的车子。他是吃狗肉的，从小就吃，不过不是在狗肉节吃，而是冬天，最冷的时候，冬至前后，会出去和朋友吃一次炖狗肉，连汤带骨带肉，非常香，非常爽。近年来，吃狗肉的事虽不张扬了，却也年年照吃不误。

女孩说，怎么不吃呢，武汉的餐馆就有专门收购猫狗的，我们村有人在餐馆打工，亲眼看见到。赖最锋说，从来没听说过餐馆有炒猫肉或者炖猫肉的，估计是冒充羊肉，做烤羊肉串，孜然一撒，管他什么肉，吃起来都像羊肉。狗肉也是。他又问，怎么就想起猫肉的事？女孩瞪着眼睛，仿佛觉得他问得奇怪，说，是啊，我就是想问问你们城里人是不是很爱吃猫肉，要不怎么猫都被抓光了，村里早就没有猫了，就剩了一只猫和一只狗，谁家养猫狗都养不长，刚长出肉就被人弄走了。赖最锋说，是卖给了餐馆。女孩说，专门来偷猫狗的，都是骑摩托车串村，见一只网一只，装进蛇皮袋。

赖最锋说，乡下狗能看家护院，猫就不太有用。女孩说，怎么没用，没有猫，老鼠在屋里到处打洞，夜里一片吱吱叫，还会爬灯绳从房梁下到床上，你要在灯绳上绑把狗儿刺才挡住它。赖最锋觉得新鲜，老鼠爬灯绳，一把刺把它扎得吱吱叫，真是动画片好素材。女孩说，老鼠有本事，打洞连五斗柜都打得通，挪开柜子，一看，一窝小老鼠仔，肉肉嫩嫩的，红红的皮，透明的，眼睛是紫色的还没睁开。

女孩说，要是有只猫……赖最锋止住她，说你快走吧，我不舒服，休息一会儿。见他用手背顶着肚子，眉头皱成一堆。女孩说，肯定是，吃坏了。她张罗起来，找到了电水壶，哗哗地接了凉水，插上电源。殷切说，要是有热米汤就好了，一喝就好。又以命令的口气道：你去趟茅房吧，肚子痛去茅房，去了就好了。

赖最锋到里面坐马桶，出来果然松快了。女孩说，肚子痛我爷爷会治，我也会治的。细伢肚子痛，用块布叠几下，蘸上

西北偏北之二三　　61

热油，盖在细伢肚脐眼上，就好了。吃糯米饭吃撑了肚子痛，就扯一坨糯米饭在火里烧焦，冲水喝，就好了。赖最锋想起前阵子咳嗽，就问，那咳嗽又有什么偏方。女孩说，这个不难，用棉籽油炒鸡蛋，没有鸡蛋就用棉籽油炒饭，吃之前呢，要先睡上一会儿，等肺张开了，躺着不准动，用小勺喂着吃。赖最锋说，哪里弄得到棉籽油呢，超市肯定没有卖的。女孩说，那就用芝麻，这个到处都有卖的，芝麻炒热，搅进红糖里，又香又甜，也治咳嗽。赖最锋说，这个倒是不难。

女孩说得兴头，又讲一个：用一块火石，在河里要泡够两年的，放在一块瓦上用火烧，烧热就放入碗里，倒水，滋的一下，水又热又白，喝了这个水，咳嗽就好了，一分钱都不用花。

*

时候已经不早，趁女孩讲完一个偏方，赖最锋再次催她赶紧走，她却说，我上个茅房可得？说着就进了卫生间。她在里面一阵窸窸窣窣，片刻，听见她大喊，水怎么是凉的啊，冻死我了。原来她上茅房还兼洗澡。赖最锋不理会。又过了一会儿，像是捣鼓出了热水，水声沙沙的顺畅，蒸汽从卫生间的门缝透出，弄得屋里也有些热气腾腾似的。在肉体中，仿佛在畜栏中，在自身中，仿佛在热锅中。这是谁的诗呢，如此整齐铿锵，犹如某种抽动。赖最锋愣了一下神，然后拿出他的小本子，打算记录那些偏方，笔停在纸上，什么也没记成。蒸汽从门缝里透出来，漫进了他的毛孔，带领着他身体内部的热能撞着他的皮囊。他忽然听见有个声音对自己说，算了算了。他看了看窗口,仿佛要找出这声音的来处。

没那么一下确实是不合适,甚至,也许,反倒是不道德的。水淋在不同的部位上,声音忽大忽小,赖最锋心里捂着的火一阵阵吹开了。女孩在里间发出嗯嗯的舒服哼哼声,真好啊真爽啊,翘儿啊翘儿,她叹道。声音绕着弯,曲线丰满。某种热上升再上升。蒸汽冒进来,钻到床上被子里。蒸汽腾腾。有点紧张,本子也是硬的,完全像木头。忽然想起春河,他从未见过她的身体,另一个肉体横着掠过,那是多年前,在黑暗中。迷糊一阵,惊心动魄一阵。蒸汽大团大团涌来,卫生间门开了。热气,热气走动。白光忽闪。星星鼓荡着激流在宇宙深处奔涌。风刮起来,外墙管子打得墙壁砰砰响。还有树叶哗哗的响声,大概是一棵大胡杨树,叶子的声音不同凡响。而北斗七星平躺在地平线上。喷头的水滴着,声音时大时细。电视没关,一只猴子从一棵树荡到另一棵树。银河河心相离相偎气喘吁吁。风刮过窗户她说我身上很好的你试试我干净的我不是专门干那个的。孩童的脸成熟女人的身体。丰满结实。温软湿滑沉陷。

就这样发生了。事情就发生了。如箭已上弓,不得不发。水流过,渠即成。风刮一阵静一阵,电视上深海里的鱼飞快游动。床单皱而潮而黏。糊鞋的糯米浆散发出豆腥气。肌肉松弛。北斗七星躺在地平线上……风刮累了,停了。树叶也累了,也止住不响。两人静下来,卫生间的水还在滴。女孩说,她说,男人就是要放松的。不放松脾气越来越坏的。

西北偏北之二三

*

通过齐援疆,把翘儿弄到她们的宠物寄养店去?夜里醒来,赖最锋忽然冒出想做件善事的念头,但随即又意识到这实在太不着调,甚至说得上是荒唐可笑。不过把不着调的事谋划一番,有时也不失为一桩快事。

和齐援疆聊天时,知道她们的"地平线"是一个志愿者组织,宗旨是妇女援助,她们不做宣传,"力所能及干点实事"。给遭受家庭暴力的妇女提供支持;帮助癌症晚期女性实现最后的愿望(这次到额济纳看胡杨林,就是陪了一名宫颈癌患者来的);给性工作者发放避孕套;联系专业人士给被强奸少女做心理疏导。她们在顺义后沙峪还有一个小店,是宠物寄养店,外出度假旅游人士,不便携带宠物的,可以寄养在此。收费标准比同样的店要低,小狗别人一天收三十元,她们收二十五元,中狗别人收四十到五十元一天,她们是三十五到四十五。所以生意一直不错。所得收入用于"地平线"。房子是志愿者无偿提供的,雇了两名帮工。

翘儿到这家宠物寄养店,无论报酬高低,食宿起码解决了。不过,人家说不定觉得你可笑。赖最锋在黑暗中猛地回过神来。她大概是专门干那个的,干那个可是高收入。赖最锋其实最弄不分明的是,自己和这个女孩的关系算不算丑恶的关系。丑恶着又想帮她一把,让她就近提醒着自己的丑恶,世界上还真没有如此弱智的人。他自己倒没觉得有多丑恶,作为买卖,虽然变成了那个(嫖娼这个词特别难听,词语改变一件事的性质,作为一个写诗的人,他是太知道了),但也算是公平合理。他给了女孩六百块钱,这其实很不少了。按照平时听到的，在这样偏远的地方，虽算是旅游区，但既是淡季，女孩也说不上什么姿色，给五百已经算多，给她六百，算是仁义。

夜里完事后女孩躺在身边，赖最锋实在犯难，一个像小动物一样暖和的女孩子捂着被窝，好是好，但捂下去就要变成包夜，包夜多少钱呢，一千肯定多了，那么是八百。八百，在圭宁是一个保安上一个月夜班才加到的钱。他唤她，哎哎，哎。女孩说：哎么事，我叫翘儿。她嘟囔着，我走我走紧张么事。她坐起来，没遮没拦地穿衣服，一对丰满上翘的乳房裸得亮闪闪的，她戴上乳罩，双手绕到背后扣搭扣，乳房越发挺得触目。赖最锋不由得又胀硬起来。女孩没看他，她看床单。床单上有黏糊糊的东西，女孩下床后又到卫生间去，拿出一条毛巾，帮他把床单蹭干净。女孩去淘毛巾时，赖最锋拿出六张百元人民币，卷成一卷握在手心。他觉得明目张胆给她钱他自己挺别扭的。她出门的时候把钱塞进她的外衣口袋里，女孩伸手摸了摸，脸上生动起来，眼睛里全是笑。女孩说，大哥是个好人。

时间还不算太晚，也就十点多。赖最锋没有洗漱，倒头睡下了。迅速入睡，睡眠深沉。已经很久没有过。长期以来，在床上辗转半个小时是正常的，有时躺上两个钟头都睡不着。睡眠障碍，是因为缺乏性生活，身体里分泌不出足够多的什么素之类，大致是这样。夜里那一通酣畅淋漓，出了透汗，身心愉悦，沉沉一觉睡醒，一夜无梦。也好像有，记不清了，恍惚在梦里身体轻而软而松，有厚厚一层棉花托着，身体上升。醒来后心情愉快，头脑清醒。

她们，齐援疆她们怎么看待此事，他拿不准。有的知识分子有这样一种情怀，他们从不把这类女性称为"妓女"，他们用一个中性的词，"性工作者"，长期以来，不断呼吁卖淫非罪化。有人在网上晒出一张民国时期的妓女营业执照，有人跟帖评论说，看看，六十多年前就这么先进了。执照贴着小小的黑白照片，面容姣好，毛笔小楷，一栏栏填写整齐，姓名，籍贯，年龄，身体状况，从业原因，是否自愿。后面是几行字的保证书：从业期间绝对服从政府命令以及一切章则如有违犯及一切不法行为由保证人负完全责任。最后是铺保及被保人姓名手印。很是新鲜，没人见过。是否自愿最是重要，一个人自愿，外人又有什么可说的。政府管理起来，比那些老鸨鸡头，还是清明爽朗一些。在黑暗中赖最锋仿佛看到翘儿缩小了，一个比她大四五倍的恶妇人向她扬起一张红肿的巴掌，他甚至听见了空气中的噼啪两声。他想看清那妇人是否就是餐馆里的老板娘，女人却变成了男人。男人头歪着，他掰开翘儿的双腿，坏笑着拔她的体毛。有声音在空气中微微颤动，像翘儿发出的动静，又像被拔掉羽毛的鸟类。

*

天亮起来，赖最锋感到饿了，往常他早晨肚子会有点发胀，几乎不会感到饿，估计是夜里那通剧烈运动消了食。他手脚利索地穿上衣服锁好门走出酒店，兰州拉面的小店刚刚开门，伙计正在揉一大坨面，锅里的汤还没烧开。旁边的烧饼店倒是开始卖烧饼了，他买了两个甜烧饼，一边啃着一边往回走。

酒店门口有车蹲着，两辆三轮摩托和一辆绿色的出租车。

他犹豫了一下，还是上了一辆三轮摩托车。火车是下午的，他打算先到火车站看看票，之后再回来退房。回北京有两条线路，一是从额济纳到呼和浩特再到北京，二是先到张掖再到兰州，从兰州回北京。来的时候他走后面那条线路，回去肯定不走回头路了。就从额济纳到呼和浩特，到了呼和浩特再换火车到北京。他都查好了。

本来这次出来打算逛上七八天，现在觉得够了，在额济纳待了三天，连头带尾，已经是第四天了，心情似乎不错，大概这就算是晾干了湿乎乎的自己。没有白来，看的东西和遇见的人，都算是有趣，尽兴而归吧。

没料到，淡季的火车时刻表与旺季有所不同，旺季是每天都有一趟火车，淡季则隔天一趟。昨天开出了一趟，下一趟要等到明天。只好又回到酒店，幸亏没退房，当然退了也有空房间，只是白折腾。

一天无事，除了闲逛再也没有别的选择。他走出酒店，门口不远的空地上这时聚了很多人，大概类似劳动力市场，看来是干力气活的，有的蹲着有的站着。也有几个妇女，包着红的绿的头巾。这跟老家圭宁一样，圭宁找活干的人是聚在大桥头，旧电影院的空地上。忽然他看见了翘儿，她还是那身衣服，一件紫红的夹衣，敞着，露出里面的粉红色毛衣，裤子是针织紧身裤，一道灰一道粉的，她站在那里正东张西望，看到赖最锋，她立即咧开了嘴，说，大哥，我就猜你要路过这。

她高兴说，人跟人碰到都是天注定的。赖最锋问，你在这里干吗呢？等着有人来挑你干活？翘儿说，不是的，就是想等等你，看能不能等到。赖最锋说，等到了就如何呢？翘儿说，

西北偏北之二三　　67

等到了就是有缘分啊。赖最锋说,有什么缘分,别扯这个。翘儿说,大哥你要去哪里,我陪你去。

赖最锋说,别陪我,浪费时间的。翘儿说,不浪费。赖最锋说,你去找别的男人,得有新的目标。翘儿说,要那么多目标干么事。赖最锋说,反正你别跟着我。他嘀咕道,搞得我像个性欲亢进者。翘儿问,么事亢进?

赖最锋不理她,扭头走了。翘儿跟在他身后,瞪着眼睛说,我知道了,你是以为我是专干那个的,天天都要找人干那个。我不是的,不是专门干那个活儿的,你不信就算了。赖最锋就问她,那你跟着我干吗呢?

翘儿说,大哥是好人。赖最锋说,我是好人坏人都跟你没关系了。翘儿被顶得没话,她憋了一会儿,猛然说道:大哥带我去大城市北京可得?这话听得赖最锋一阵愕然,看来世界上就是有这种直愣型的、一根筋的、分不出高低的人。

他定了定神,问,你去大城市北京干什么呢?翘儿说:找我妈。这话答得赖最锋越发糊涂,一个湖北女孩,在内蒙古的额济纳,要跟一个陌生人到北京找自己妈。实在是一件枝节丛生一团乱麻的事。

我妈都有九年没回家了,她说道。

十岁的时候就不见她了。上学回来就不见人了,她的衣服都带走了,就留了一把桃木梳子,说给我辟邪。怎么不让你爸爸去找她?爸爸摔断腿了。那你怎么不从湖北老家直接去大城市北京?华桂那家不让走,天天关在房里,锁着门。怎么又出来一个华桂?嫁过去的,华桂是我们县的山区。嫁去的,五万块钱就嫁去了。

又怎么到的额济纳的呢？是张哥带的。他不带，我就一辈子在华桂大山里。赖最锋问，那个张哥，是干什么的。翘儿说，就是混社会的。赖问，那他以什么为生呢？翘儿说，打牌为生。赖说：打牌还能为生？怎么个为生法。翘儿说，就是赌博呗。在新疆赌，手气好的时候一天能赢两三万，钱多就坐飞机回老家，他是隔壁村的。赖说，让他带你去北京合适了。翘儿说，就是啊，等了又等他都不来。姑姑说，混社会不好混的，运气不好就会混进局子里，关个七八九十年。

赖最锋想了想，觉得带她到北京倒也不难，就问，那你知道你妈妈在北京什么地方吗？翘儿说，听多筷说见过她。多筷在颐和园扫地，有次碰见浠水老乡，说看见我妈了，说她在一处家具厂做饭，就住在厂旁边的一个院子里，找到那个厂，再走过一片菜地就到了。

说到多筷，翘儿脸上明亮起来，赖最锋就听她说多筷。这个多筷，是她们村最聪明的女孩，比翘儿大三岁，她会上网，游戏玩得最好，在游戏厅打工时还会修游戏机，走南闯北见多识广，十五岁就跟同学出门打工，先去了深圳，又去了东莞，又去了北京，又去了新疆，再又回到北京，再又到武汉，又去了广州，还去了天津，还去了黄石，每年都有本事换地方。多筷说了，城市越大越好挣钱。还有呢，多筷现在在颐和园扫地，经常捡到手机和相机。所以呢，翘儿说，找不到妈妈她就找多筷。

赖最锋掂量了一会儿，说，你真可以啊，就敢跟一个生人走？翘儿说，大哥是好人呢，我分明的。赖最锋说，我是好人啊，干了坏事还算好人。翘儿笑了，说，怎么是坏事，当然是好事了。有的好人也干坏事，有的坏人也干好事，大哥你又是好人，又干好事。我成年人了，自愿跟你路上走，行不？赖最锋说，你姑姑不把我撕了才怪。翘儿说，谁说她是我姑姑的，她根本就不是我姑姑。赖最锋说，你不是叫她姑姑的吗？翘儿跺脚说，谁说叫姑姑就是真的姑姑了。

赖最锋叹口气说，你也真够胆，这年头，坏人可不少。翘儿说，怕坏人，怕坏人哪都去不成。又说，我反正要去大城市，怎么都要去。赖最锋不作声。翘儿说，我有路费啊，不用花你的。

见赖最锋没句准话，翘儿又说，反正我明天就跟着你去火车站，我知道的，你就是我的贵人。她脸上的酒窝闪着，大概是不小心，吃东西时把油蹭那上面了。赖最锋又问，你真的有十九岁了？翘儿说，怎么没有。赖最锋说，那好吧，那你总得把身份证带给我看看吧。翘儿说，这么远，谁回去办身份证，都是假的，不如不看。这年头，办个假证，给钱就行。

次日，赖最锋刚刚吃完早饭翘儿就来敲门了，只见她换了身衣服，橘红的上衣，紧身裤，上面印满了米老鼠图案。赖最锋说，这么多米老鼠，根本就是未成年人，你跟着我，别人会以为我拐卖妇女儿童的。又看她的行李，是一只带两只轮子的拉杆旅行袋，袋子上面还压着一只旧得不成样子的手提帆布旅行袋，是最最旧式的那种，米色的厚帆布，上面隐约有几个红色手写体，仔细看，能认出是毛泽东手书"为人民服务"。你这个古董是从哪里来的？赖最锋问，翘儿说，是我爷爷的啊。爷爷以前做木工，他一出门就带这个袋子，全村就这一个旅行袋，公社的桌椅和高中的书桌都是他做的。我爷爷世面最广，挣钱最多。翘儿骄傲着说。

见翘儿活泛了,赖最锋就说,没想到你还挺会聊天,基本上是个话痨。翘儿说,什么叫话痨。赖最锋说,就是嘴贫,话多。翘儿说,是,我爷爷说,话少的人是贵气,是人中的凤凰。凤凰是不作声的,作声的是麻雀。片刻,翘儿沉了一口气,说道:爷爷前几年就往生了。往生,赖最锋明白,人死了叫往生,轮回转世。

往生了,他住在地底下,他住的山坡有松树,松树下面有蘑菇。翘儿没有告诉赖最锋,爷爷是喝农药死的,上面定了新规矩,为了节约土地,清明后死的人一律火葬,不许土葬。爷爷不愿意死后被火烧,而且他的棺材在他睡觉的屋子里都放了三十年了,是他自己做的,木料好,手工也好,他不能让它当劈柴,于是,清明节前三天,爷爷就让自己往生了。

退房出门。两人在车站附近的面馆各吃了一大碗兰州拉面,要了泡菜和豆芽,还要了茶叶蛋。之后赖最锋又到小店铺买了方便面,下午三点半的车,次日早晨到,要在火车上吃一顿晚饭。

赖最锋背着他的背囊,手上提着方便面,翘儿在后头拉着她的拉杆包,小步趋跟着。有好几次,翘儿想跟赖最锋说她夜里做的梦,每次都是刚开了头就被什么岔开了,于是她一路走一路嘀嘀咕咕,自己跟自己说话。

……变变变,缩小了,缩得圆细圆细的,一摸,头上有软软的羽毛,手也变细了,又细又短又尖又硬,再看脚,脚也变得细短,指甲盖也尖尖硬硬,前头出了个弯钩,真稀奇,我怕是变成了一只鸡了。爷爷说的,有人死了就转世变成鸡,有的

西北偏北之二三

鸡是人变的，有的不是，就看鸡的爪子，是五爪鸡就是人变的。可是我又没死，怎么这么快就变了。我使劲扑，使劲扑，又蹬我的两只脚，忽然，卟的一下，全身就都升起来了……

周围乱糟糟的，赖最锋说，你嘀咕些什么呢，把自己的行李看好。翘儿换了一种声音对自己说，变成麻雀比变成鸡好，麻雀能飞，鸡不能，鸡飞不过一口塘，飞到塘中间就掉下来，要是没人捞它，它就淹死了。

汽笛悠长响过，车就开了。声落时已经驶到了空旷的野外，眼前顿时茫茫戈壁，远远的有一两棵胡杨树，树叶还金黄着，在下午的阳光照耀下闪着光。戈壁上的芨芨草和红柳越来越快地掠过，赖最锋恍惚觉得自己不是坐在火车里，而是置身于一部电影的场景之中，茫茫戈壁，踽踽而行。一个男人带一个女孩，他们顶着大风，低着头，费力地抬着腿，不停地向前走。路途遥远荒凉重复，两个人的身影越来越小，最后，他们消失在远处的星空。

*

傍晚的时候火车停在阿拉善右旗，再开动的时候赖最锋去接了开水泡方便面，先泡两桶，另外两桶等再晚些饿的时候再泡。翘儿不停地揭开盖，把鼻子凑近闻那透出来的气味，赖最锋已经吃腻方便面了，翘儿却把这当成好东西，在乡下，孩子们喜欢手里捏着一袋方便面，从村头走到村尾，一边慢吞吞走着，一边嘴里干嚼，嚼得嘎嘎地响，越响越神气。方便面作为零食，那要比花生红薯都更金贵，花生红薯家家都种，方便面要花钱才能买到。给翘儿提亲那次，男方送来了一整箱方便面，全家高兴坏了，爷爷把箱子摆在堂屋的毛主席像下面，直到有老鼠来啃才赶紧吃掉。

赖最锋把方便面的盒桶盖按着，说，再动热气跑了面条可就夹生了。正说着，车厢那头来了查票的。两个男人，一高一矮，没穿铁路上的制服，看上去有点不像列车员。尤其是眼睛不像，像锥子，又尖又利，而且还带着钩，他在人堆里捞啊捞，碰到什么东西就会猛然一提。

票拿出来了啊都拿出来，你们是一块的？他是你什么人？矮个男人暧昧地咧了咧嘴，大哥，哪来的这么大的大哥。你几岁了？真有十九吗？十九了该有身份证了拿出来看看。赖最锋心里暗暗叫苦，她那身份证是假的被看出就麻烦。郑裕玲，男人看着翘儿的身份证念出一个陌生的名字。把一个不知道名字的女孩子带到火车上，还真有点像拐卖妇女，至少也有卖淫嫖娼嫌疑。赖最锋感到阵阵燥热，仿佛后背有几只蚂蚁乱爬。矮个男人傲然道：你这怎么还是一代身份证哪，你看看。矮个把身份证递给高个，同时问赖最锋，她是你什么人。赖最锋说，朋友……朋友托带他堂妹去北京带孩子。男人说，朋友姓什么。赖最锋说，姓……姓齐，齐援疆。男人还要问下去，高个连催了几声，矮个犀利地盯了赖最锋一眼，一扬手说，今天没空，算你走运。便匆匆往前了。

赖最锋额头上沁出一层细汗。那男人眼睛像锥子，大概是有超感觉，如若分开查问他和翘儿，肯定是会漏洞百出。涉嫌拐卖妇女和涉嫌卖淫嫖娼，以赖最锋在圭宁的经验，只要被他们认为沾上一点皮毛，十有八九会把你弄去打得屎滚尿流，然后说抓错了，再罚光身上所有的钱。如果碰上一个变态的家

西北偏北之二三　　73

伙，为了某种你永远参不透的目的，这两项罪名先给你按上一个，把你投入看守所，那罪就不知要受到什么时候去了。基层，边远地区，天高皇帝远，有罪没罪，就看办事人心情。所以说，看你的运气。

方便面泡得有点烂了，汤温吞吞的。翘儿却很有胃口，她猛吃一大口，又挑起一根，吸得面汤溅到眼睛，用手背抹一下，又吃一大口。天正在暗下去，外面由灰蒙蒙变成黑糊一片，已经看不见那些旷远的景致。即便如此，赖最锋仍然侧头对着车窗外，车厢的顶灯亮了，外面更黑，窗玻璃上映出他的脸，那已经是一个彻头彻尾的中年男人了，他头发支棱，皱着眉头，一副疲惫不堪的样子。翘儿吃完自己的面，她学着邻座去把空盒桶扔了，回来后也把脸凑近窗玻璃。看了两眼，又把鼻子贴上去，说，那什么都看不见啊。

对面铺位的人拿了自己的毛巾去洗漱间了，赖最锋说，算咱们运气，再碰上问话的，我就成了拐卖人口的了。翘儿说，怎么会呢，我自愿的。赖最锋说，那你知道我叫什么名字吗？翘儿说，是啊，不知道。赖最锋说，你不知道他们狠，有点疑点就够他们整的了。再说了，你真叫什么名字我也不知道，这事够荒唐的。

翘儿说，我叫郑爽玲啊。赖最锋说，是吗，那郑裕玲是谁。翘儿说，那也是我啊。赖最锋说，你到底有几个名字。翘儿说，就是一个啊。我爷爷取的，就叫郑爽玲。那怎么又叫郑裕玲了。翘儿说，我在户口本上的名字就是郑裕玲啊。我超生没上户口，前几年人口普查，我们乡来了一帮学生子帮忙登记，他们乱登的。就登成了郑裕玲。我爸去乡里问，那个女学生说，郑裕玲有什么不好，好得多，是香港大明星呢。赖最锋说，这也太轻率了。翘儿说，多筷的名字也登错了，她拿着她家的户口本到乡里要改，改不了，就算了。赖最锋心想，这个翘儿倒也是个老实人，假身份证也用户口本上的真名字。确实，这样假证倒更像真的，即使查出来也无大碍。

停了一时，翘儿又找到话头，说，大哥你要是进监狱了，我就去探你。这个话头不太着调，但也算刺激。大概在她看来，坐牢不过是件寻常事，所以也就寻常说起来。赖最锋便听着。村里有个男孩子叫大玩意儿，是专门搞绑架的，绑架很好玩，谁有钱就绑谁。他说全世界都是这样子，谁有钱就绑谁，让有钱的人拿出一点点钱给穷人用。他在北京绑架，绑了一个男孩子，也没撕票，还给他喝娃哈哈，就是碰上严打了，判了七年。他爸爸想用钱给他减点刑，不行，在县里就行，在北京不行的。

赖最锋问，搞绑架怎么好玩呢？翘儿说，总之比种田好，也比上班好。我小叔叔也想去入伙，爷爷说，伤天害理的事不要做，天都看得见的。小叔叔就去偷铁路上的铁轨，反正是国家的，国家是谁的，总之不是老百姓的，偷了就偷了。结果坐牢，打得受不了，用牙刷自杀，没死成功。赖最锋说，拐卖妇女的有没有。翘儿说，有的有的，是隔壁村的，是卖他自己的老婆，蒙汗药下到她的粥里。

这种事，实在是前所未闻。列车在黑暗中隆隆行驶，远远能看见零星的灯光，有些黑乎乎的房屋和树木闪过。车厢里的人大多数睡了，顶灯关掉，只剩下脚灯。如果在野外，应该还能看得见星空，但赖最锋只看见几颗孤散的星星，互相没有依持，看上去冷冷飕飕。额济纳那笼罩四野的星星的激流，仿佛已经过去很久了。

*

到呼和浩特是早上六点多，一出车站风就满满灌过来，两人穿过站前广场，赖最锋在前，翘儿趋在后面。他们吃了热汤面，然后在车站附近找一家小旅馆休息。赖最锋昨晚没睡好，想补一觉。车票是傍晚的，时间还充裕。他问翘儿，那你干什么呢？翘儿说，我就在屋里看电视。那个《勇敢的心》好看的。赖最锋玩笑道，你不会趁我睡着，把我的手机钱包卷走吧。翘儿噬了一声，说，要卷还等到这时候。赖最锋开了电视，调到几近无声。然后脸也没洗就往床上一摔。迷糊中听见有人敲门，翘儿开了门，有个女人"咦"的一声，然后又没声音了。赖最锋想撑起身子，但眼睛怎么都睁不开，手脚也重得像绑了铁。他就沉在睡中了。

醒来已是中午，电视剧已播完，电视上是午间新闻。报道说，从张掖监狱越狱的三名罪犯中的最后一名今天凌晨已被抓获，这名罪犯有很强的反抓捕能力，他从张掖逃到了额济纳，一路化妆成老人，在额济纳上了开往呼和浩特的列车，在阿拉善左旗下车前被警察识破。赖最锋说，怪不得，肯定就是被盘查咱们的那两人抓的。翘儿兴奋说，这个好玩的，化妆成老人，就是葛优，像《天下无贼》那样子的。赖最锋想起来问，刚才我睡觉时谁敲门。翘儿说，没谁，一个女的，野鸡。赖最锋说，我睁不开眼，心想别是你给我下了蒙汗药。翘儿说，要下也是你给我下啊，怎么倒是我给你下了。

赖最锋说，我要把你卖了怎么办呢？翘儿说，有本事你就卖呗。她又说，又不是没被卖过。这话听得赖最锋心中一震，一个人的黑暗经历，他人无从知晓。拐卖，逃跑，到达遥远的额济纳，来历不明的张哥，叫姑姑的老板娘。赖最锋试图把这些已知的点连成一道稍稍清晰的线，他马上发现，这并不是件容易的事，每个点，你碰到它的时候它都会肿胀成一块巨石，像铁一样沉，它缠着那些飘忽的线飞速坠入深渊。

谁能知道分明呢。知道分明又怎样。

天阴，窗外乌云沉沉，翘儿爬上床，钻进赖最锋的被窝，她说我来再给你按摩一次吧。赖最锋连连说，别啊别啊。

翘儿说，没别的意思，就是找补给你一次。赖最锋摸不着头脑，问，什么找补？找补什么？翘儿说，就是那个啊。在我们那边，打一炮的行情是三百块，你给了我六百，大哥是好人，我也不要占大哥的便宜。再打一炮吧。赖最锋说，那我是心甘情愿的。翘儿说，那我也是心甘情愿的。

她脱光了衣服，贴紧了。他搂着她不动，既像痛惜，也像犹豫。而翘儿像一只小动物，紧紧偎在他怀里。赖最锋一动不动，深深呼吸。翘儿的头发还有着额济纳的风沙气味，以及干燥的阳光和空气，它们沉在她的身上。旷远，而绵绵地发出呜呜之声。良久，翘儿在赖最锋的身体上慢慢摩挲，热气蓄积，缓缓扭动，升沉起降。终于，两人翻腾起来，来来去去，激烈又黏稠，仿佛一对用身体告别的恋人。

无亲无故的，知道我干吗要带你吗？赖最锋问道。翘儿说，是的啊，为么事？赖最锋想了一下，说，是啊，我也不知道啊。他纳闷地看了看窗口，说：我真是一点都不明白自己啊,本来不想带,不知怎么就带上了。

翘儿说,我晓得。赖最锋说,你够聪明,我自己都不晓得你就晓得。翘儿说,是,我们村里的百六九也说我聪明的。他说我是天上的童子下凡的,所以长不高。赖最锋笑了,说,闹了半天原来你是仙女,是天使啊。翘儿说,那我可没说。是百六九说了,百六九会算命的,他说我前世是天上神仙身边的童子,是下凡转劫的。注定要受苦,注定有贵人帮。你不信就不信。

傍晚他们再次登上了火车。云层更厚了,空气中有雨(或雪)的水汽。火车开动的时候下起了零星雨夹雪,车窗蒙上了一层气雾。

路途漫长而重复单调。翘儿在上铺已经睡着了,赖最锋因白天睡了一觉,此时精神正好。他感到火车猛地咔嚓一下停了下来,是临时停车,前不着村后不着店,四面黑沉沉的。旅客人人都睡着觉,只有赖最锋一人坐在黑暗中。他在窗玻璃上抹了一把,看见外面下起了雪。大雪落在,我锈迹斑斑的气管和肺叶上,/今夜,我的嗓音是一列被截停的火车,/你的名字是漫长的国境线。是帕斯捷尔纳克写给茨维塔耶娃的诗。诗句猝不及防地冒出来,如同春河的名字和面容。她也浮在黑暗中,浮在雪中。你的名字是漫长的国境线,无论经历的是星空还是肉体,你的名字仍是无法拔除的一根刺。赖最锋在黑暗中费劲地回忆这首诗的其他句子,最终,他想起了结尾的两句:我歌唱了这寒冷的春天,我歌唱了我们的废墟/……然后我又将沉默不语。

这时候,远在额济纳的达镇的雪也越下越大了,远近迷蒙，灰茫茫一片。星空完全看不见了。

2014年12月27日初稿
2015年1月29日定稿
发表于《收获》杂志2015年第4期

长江为何如此远

林 白

一、黄冈

"为什么长江在那么远?"今红问。她来到黄冈赤壁,没有看到苏东坡词里的"惊涛拍岸卷起千堆雪",岩石下面是一片平坡,红黄的泥土间窝着几摊草,有一些树,瘦而矮,稍远处有一排平房,墙上似乎还刷着标语。

本来认为长江就应该在赤壁的脚底下,周围应该奇绝阔远。其实很多年前她来过一次,但当年的记忆禁不住乱七八糟的东西反复冲刷,二三十年下来,复又觉得,到了赤壁肯定就会看到惊涛裂岸的壮阔景象。

很多年前似乎,她突然想起,多年前,她似乎也问过同样的话。"为什么长江在那么远那边?"她那时扎着两根羊角辫,她伸直胳膊,伸出食指指向江水的方向。那时候,大学已经上了三年多了,今红身上还是一股子乡下女孩的土拙气。"为什么长江会在那么远?"今红听见林南下回答她:因为长江已经多次改道了呀!林南下浅浅一笑,她脸上的梨涡随即现了出来。大群大群的燕子从两人的面前飞来飞去。

对今红来说,大学简直就是一笔糊涂账,灰秃秃的一片,一眼望去,既琐碎又凌乱,看不到什么轮廓,想起来,只有跟南下去黄冈赤壁是有头有尾记得的。

很多年前。大三。是最后一个国庆,人人都拼着要去玩。三五成群。日子还没到,走道、自习教室、寝室、食堂和食堂外面的法桐树下,到处都有兴冲冲的男生或女生,脸上一副奔走相告的样子,嘴里"庐山"长"庐山"短的。而庐山也确是激动人心,李白"飞流直下三千尺",毛泽东"乱云飞渡仍从容"。还有蒋介石的"美庐",宋美龄,一生奢华的女人,风华绝代臭名昭著,用牛奶洗澡。想到美庐的浴缸里满满一缸牛奶,使人又愤慨又兴奋。

寝室里整日嗡嗡响着"庐山""庐山",如何去,乘火车或坐轮船,要不要在九江住一晚,一共要玩多少天,大概要带多少钱,等等。她们并不邀今红一起去。生性孤僻,别扭。况且她拿着助学金交伙食费,也不会有去庐山的闲钱。她们在兴头上,想不到要体谅今红的心情。几个人从早到晚眉飞色舞。

林南下去过两次庐山,她家在上海,高考前在鄂州的一家工厂。得知高考恢复的时候,已经怀孕七个月。生孩子,断奶，复习，考试，艰苦卓绝。

南下喜欢跟小她十岁的今红在一起。春天入学，树枝上有残留的樱花，林荫道的尽头有一轮又圆又大的月亮，金黄色的满月异常动人，路灯只有一盏，在远处。润泽的月光直接照在南下的脸上，她的眼睛像藏着某种可燃物质，明亮深邃，而且激情，而且单纯。她生完孩子身材没完全恢复，但脸是清癯的，有着某种精神性，又不失女性的柔美，同时她又有一种骄傲，但这种骄傲没有攻击性，不伤害他人，它并不指向具体的人和事，而是一种对自己的高度确认。即使不在月光下，今红也认为林南下是她们班三十多个女生中最好看的。她不同凡响。月光下的树影中，她的声音断断续续，念头，上大学，超龄，太不甘心，最后的机会，写了一个晚上的信，招生的人，长信，十页信纸！

今红不明白南下。她比南下小整整十岁呢，还是从乡下来的，她怎么会跟今红，说这些掏心窝的话。"给招生的人写了一封长信"，这太不符合林南下的骄傲了。

四年间，南下总是找今红听她说话。校园在湖光山色中，樱树、桃树、法国梧桐、银杏树、枫树、槐树和柳树和紫荆树的枝叶掩映间，南下跟今红说了她准备申请入党，认为这是改造社会的一条有效途径，很快她又痛苦地告诉今红，她决定放弃入党。这是在大一。大二那年，她父亲去世，今红陪她在校园里走了大半夜，她反复说：他才六十岁，才六十岁，还很年轻啊！今红像回声似的应道：是啊是啊很年轻。其实她不太明白，六十岁怎么还年轻呢？南下说她爸爸刚刚获得"解放"，去年他还专门到江西，看那个他"文革"期间被关押了三年的监狱。而她之所以叫南下，就是母亲在解放军南下的行军路上生的，她在母亲的肚子里一路从北到南。到了大三，南下的话题变成了考研究生，到了最近，则是考公费留学生。她们在校园一圈圈地走着，草间的泥土小路、砖石甬道、水泥林荫道，依山的重重叠叠的阶梯，从澡堂回来的路上，她被蒸汽蒸红的脸和天然卷曲的短发，直至紫色和绿色的琉璃瓦屋顶，这一切往昔的事物现在越过了很多很多年的光阴，来到黄冈，来到了东坡赤壁。

林南下仔细地给同屋们的庐山之行提了建议，"三天就够了，其实两天也是可以的，完全没有必要在九江停一夜"，她那么肯定，那么胸有成竹，那么见多识广。快熄灯了今红还在盥洗室洗袜子，她磨磨蹭蹭地不想睡觉，直到南下来刷牙。南下说国庆几天她要回鄂州看看，今红不如跟她一起去，还可以到东坡赤壁看看，去庐山的人很多，赤壁向来没什么人去的。今红骤然高兴起来，大江东去浪淘尽千古风流人物，再也没有比这更令人心胸开阔的了。

她们从武昌站乘短途列车去鄂州。绿色的皮革，九十度笔直的靠背，整列火车都是硬座，人并不挤，都有座位，她们也很快找到两个挨在一起的位置，是三人座靠近过道的一头。对面座是一个打扮有点奇怪的妇女，她年龄看来不小了，却还像今红那样扎着两根羊角小辫，辫子也编得不利索，有几缕是散的，显得她的脸有点脏，像是有两天没洗，她穿着一件男式的旧工作服，袖口磨得稀薄并且脱了线。她漠然地看了坐下的南下和今红，立即就扭头对着窗外。另外还有两个老头，一黑一白，黑的那个很瘦，眼睛是红的。两个都不讨人喜欢。

长江为何如此远　83

如同在任何地方，今红跟着南下心里就不慌张。即使去集体澡堂洗澡，也是因为南下才算闯过了心理关。在众目睽睽之下脱光衣服，同样在众目睽睽之下和几名赤身裸体的女人抢着用一个喷头冲洗身上隐秘的地方。滑腻腻的身体要碰到另一个同样滑腻的身体，真是让人心惊胆战，蒸汽腾腾，头发湿淋淋地贴在脸上和眼睛上，气都喘不过来，像一只鸟掉进了水塘，翅膀又湿又重，怎么扑腾都飞不起来，脚下也滑，时不常就一趔趄，额头上弄不清是汗还是水。这时候南下的声音出现在岸边，她伸出一根树枝，树枝温暖地微笑：今红今红。今红循声而去，绝处逢生。

对面那个穿男式旧工作服的妇女坐得很不安，还不停咳嗽，她皱着眉头，既焦灼又茫然。火车在徐家棚站刚刚停稳，她忽地就站了起来，她双手揪着自己衣服的前襟，摇摇晃晃地往车门走去。今红说：这个人走路的样子真奇怪！忽然她听见有人喊道："摔倒了！"又有人惊呼："快看血！"一阵骚动。今红站起身往窗口张望，有人正在把那妇女抬到站台的一张椅子上，她身下有一摊血。有人在站台上跑来跑去地喊着什么，而火车很快就开了。

黑肤红眼老头连说晦气，他的呸呸骂声在座位上飞来飞去像黄昏的乌鸦在盘旋。今红发现，在她的对面，刚刚那妇女坐的位置上有一摊血，像红油漆那样，黏稠、发亮。今红觉得一阵恶心。听见南下说，流产，宫外孕，没有人保护。今红惊着木着，腿是软的。真正成摊的血只是小时候看见过。武斗，十字路口，几截砖头和几摊血，很久很久以前。

今红坐了一会儿，起身到别的车厢找位置。没找着只好又回来。那个黑老头用脚蹭着报纸擦那摊子血。报纸被蹭得很脏，鲜红色的血衬着座位的绿色，看起来是暗红的，有一只苍蝇叮在上面，老头一边蹭一边骂道：他娘的，真不要脸！倒了八代霉。

到了鄂州，她们先到南下原先工作的工厂。因是节日，宿舍区里有不少闲散的人，三三两两的，四个五个的，门廊有人围着打扑克，球场有人在投篮，篮球气打得很足，在水泥地上弹得"咚咚"响，房前的空地牵了绳子，上面晾着鲜艳的床单和白色的蚊帐，都还滴着水，江风吹过来，湿床单"猎猎"地响，孩子们在帐幔间追跑雀跃，水龙头边的空地上还有人在洗衣服，一只大木盆里堆着颜色混杂的衣服，女人坐在矮凳上半抬着屁股，一下一下地把力气用在搓衣板上，饱满的泡沫溢到地上，变得稀烂，她踩在脏水里浑然不觉。

南下管这女人叫小陆，小陆眉眼清秀，轮廓分明，笑起来很俏。南下问她：你们陈陆奇呢？小陆大声说：跟他老子玩呢！一边伸起脖子四面巡睃，她亮起嗓子喝道：陈大路！过来！一个五短身材的男人应声就跑到了跟前，他刚和南下打完招呼，小陆又命他把陈陆奇带过来。一会儿，一个三四岁的男孩慢吞吞地过来了，他一只手拿着饼干啃，另一只手抱着一只绿皮的橘子。小陆很满意地看着这一大一小，和南下扯了几句闲话。

她们往宿舍区深处走，南下断断续续说这小陆。广西桂林人，在茶场采茶的农工；陈大路，厂里的采购员，两人南北隔着千把里。火车上认识，竟真的结了婚。全厂上下，人人称奇，说一朵鲜花不远万里来到鄂州，插到陈大路这样一堆牛粪上，真是不可思议。陈大路三十二岁，老大难，全厂爱管闲事的妇女，张罗过一个班的对象，统统都吹了。这下好了，生了一个儿子，叫陈陆奇，意思是两个人的奇迹。

今红并不认为这事有多少奇迹，它的戏剧性比林南下本人还差得远呢！在妈妈肚子里，解放军的大木船，炮火连天，船帆上的弹洞，渡江的滚滚浪涛，上岸时的冲锋号，像电影一样。今红见过南下上中学时的一张照片，她划着一艘单人赛艇，这种奇怪的船又窄又长，窄得不合比例，长也长得不合比例，两头是尖的，南下坐在中间，她那时真年轻，意气风发，脸上是一副以天下为己任的神态。然后，她去了北大荒，难以想象的地方。无比的遥远，无比的荒凉，超乎寻常的艰苦和严酷，零下四十摄氏度，吐一口唾沫就会结成冰，也许有狼、火灾、意外的伤亡，更多的是绝望。这些都像某种神秘的东西，被今红揣测着，成为南下魅力中最有重量感的那部分。然后，她竟然又到了鄂州这样的地方，这样一个庞大的工厂，她竟然会开机床呢！她怀了孩子，却又参加高考，成了她们班除老顾之外年龄最大的女生。

她还见过陈学昭，那个在现代文学史里深埋着的传奇女作家，那时陈学昭住在杭州，妈妈带南下去看她，一个偌大的房间，正中放着一张桌子，四面都是空的。陈学昭皮肤白皙细腻，穿着一件藏青色双排扣列宁装，南下觉得这种颜色的列宁装特别有气派，而她妈妈的列宁装是灰色的。她说了什么呢，南下的妈妈名字里有一个昭字，陈学昭说，我就是学你嘛，学昭。

当然，类似的奇迹在她们班比比皆是，由于平均年龄全校最大，所以班里集中了全校最多复杂经历的大龄学生，这些不同凡响的同窗们入学前曾经是：医生、翻译、记者、裁缝、泥瓦匠，此外还有众多工人众多知青，若干军人，真正的应届毕业生只有小郑一个，小郑刚满十七岁，从甘肃农村考来，他的脸总是红彤彤的，嘴唇鲜艳，唇红齿白，头发浓黑，他天真纯朴地走在通往饭堂的小路上，他的裤腿总是短一截的，他还在长个呢！学长学姐们凝视少年小郑，目光既羡慕又慈祥。同窗中的医生虽是街道医院的，但她出身于医学世家；翻译也是自学，却懂得六门外语，英语、日语、俄语、越南语、朝鲜语，还有一门是世界语，外号"博士"；记者，是在一家有着上万人的大型企业的内部报纸供职；那个来自成都的裁缝，他文理兼修，读的书比谁都多，他瘦高、驼背，戴着深度近视眼镜，寡言，一旦开口，话说得不知有多犀利，外号"思想家"。其余各人，从工厂来的，就有当了车间主任的，从农村来，也有当大队党支部副书记的，从部队来的老高，居然是副营级！有孩子的有七八人，从部队转业又到工厂当了车间主任的老魏，是一儿一女两个，从孝感农村来的老刘，是两女一男三个！班上简直应该办一个幼儿园。

比今红大四岁的励宪，她会微笑着问：小今红，1973年你在哪呢？今红答道：我刚刚上高中啊。励宪说：这年我插队都四年了。她的微笑比刚才更动人了，她说：我再问你，1975年你在干什么？今红答：高中毕业我就下乡插队了呢。励宪说：你看，你当学生的时候我是知青，你当知青的时候我是当带队干部，1975年，我从工厂抽去带知青。她笑得露出了几颗整齐洁白的牙齿。正因为如此，今红的所有缺点都会得到原谅，她做错的事，性格上的毛病，她的不懂事、自私、乖张、别扭，一律受到温和对待。她们最多只是有点忧虑地看着她，从来不说半句责备的话。她们更多的是微笑。

这个世界有如此多的悲哀和烦忧，她们为什么能常常微笑？

今红感到，这都是一些优秀的人，是世界坚硬的骨头，经得起风雨磨损的时间，所以她们即使比今红大了十岁，她们的朝气和劲头也远胜过这个"小孩"。

老顾，顾彬彬，她比南下还大一岁。开学已经半个多月，有一天，忽然听说班里又来了一个年纪大的女生，她三十一岁，但没有孩子。果然第二天课堂上就看到了本人，额发梳得很光，眼窝深而颧骨高，嘴唇是薄薄的一细溜。她锐利勇猛，让人想到居里夫人。

她果真是厉害的，她勇往直前，每门功课都要拿第一，连文献编目这样无聊的课她都不放弃，课堂上大多数人在背英语单词或看小说，只有少数人埋头记录。老顾的笔记整齐全面，细细密密的小字，看得出心力和功夫。碰到世界通史、逻辑学、计算机这样的课程，一到课间休息，顾彬彬总是在第一时间走上前跟老师交流，她站在讲台的台阶下，微仰着头。老师很愿意跟她交流，如果是老教授，她就歪着头听，边听边点头，如果是年轻教师，不用说，都是工农兵学员毕业留校的，那就成了她讲，对方边听边点头。顾彬彬，她连体育都要争第一，跳高跳远，八百米，她身轻如燕。

她比南下风头更健，在任何地方她都是呼呼生风的，她的身体是一台神秘的永动机，永不生病，永不疲惫，风把她刮到半空中，任何人，一抬头，或不抬头，都能感到她高高飘荡的身体。

今红跟南下从不议论顾彬彬，老顾现在天天去法语系学法语，准备报考赴法留学生。一共有多少名额，谁也不知道，究竟是赴法赴德还是赴日，也是隔十天半月就有新的传闻。今红预感到，南下是拼不过老顾的。

她们走在工厂宿舍区宽阔的空地上，一排排的灰砖平房很有样子，门前都有砖砌的廊柱，她们路过一个水泥球场，球场的一头有舞台，四面有台阶，外围还种了几棵橘树，树顶上还挂着一两只青绿的橘子，近地面的橘子已经被小孩揪光了，地上散落了一些叶子，有两个小孩正在比赛谁跳得高。今红跟在南下身后，东看西看的，她看到一排水龙头很矮，只有膝盖那么高；她还看到路中间的变压器特别大，似乎正是这个庞大的工厂大气派的一个组成部分。还有饭堂，也是大的，门口贴了一大幅红色的标语，"庆祝国庆"几个字是用闪亮的蜡光纸剪了贴上去的，饭堂的门大开着，有一个人在扫地。她们又经过了图书室，门是关着的，南下冲紧闭的门张望了一下，她说，今天休息呢，怪不得。

拐进一排平房，横着竖着又拐了一两次，她们终于到了。也是一排平房中的一间，门口空地也是牵了绳子晒衣服，但这家晾的衣物特别多，不少是婴儿的尿片，还有几件小小的和尚服，那上面的小带子怪有趣地垂下来。两根绳子都晾满了，底下一个大木盆还泡着几块尿片，门口一张竹椅上搭了一张婴儿的小花被子。

房间里有一张大床，床跟前的地上摆着一只大大的竹筛子，就像今红乡下家里用来晒红薯条的那种竹腔，走到跟前才看到里面躺着一个婴儿，脸红扑扑的睡得正香。这家的女人叫小肖，年龄和南下相仿，她们叽里呱啦地说着上海话，今红一句都听不懂。

南下跟小肖说了句什么，小肖就给今红拿了一本《朝霞》，让她看着解闷。《朝霞》是旧杂志，今红有一搭没一搭地翻着，一边歪着头听她们说话，竭力想听懂半言只语。小肖手上打着毛线，话讲得飞快，手指也动得飞快，手上的活儿一点不耽误。房间里有一个新打的大衣柜，另有一只光板木箱一只皮箱几只纸箱垒在角落里，挨着箱子有一只三层的简易书架，上面放着不少书。今红望望南下，她正和小肖说得起劲，今红便自说自话起身到书架跟前。

书放得杂乱，逐格看过去，有颜色发暗的旧课本，《代数》《几何》《历史》《地理》，有一本《资本论》，有一本京剧《沙家浜》，还有几本《朝霞》和几本十六开本的《文艺报》，在今红看来，最像样的书是《光荣与梦想》和《宇宙之谜》，但不知为什么，这两本书都放在最下一格，而且所有的书都落了一层灰尘。

抽出《宇宙之谜》，翻开扉页，只见上有一行字：罗少新，一九七五年五月购于上海。这个罗少新是谁呢？翻开一页，题记：辽阔的世界，宏伟的人生，/长年累月，真诚勤奋，/不断探索，不断创新，/常常周而复始，从不停顿；/既忠于守旧，/又乐于近新，/心情舒畅，目标纯正，/啊，这样又会前进一程！歌德，《上帝和世界》，在"辽阔的世界，宏伟的人生"下面有铅笔画上了道道，今红接着翻这书，看到用铅笔画了道道的还有不少，"我们的太阳是无数个会毁灭的天体中的一个；我们的地球是为数甚多的围绕太阳运转的会毁灭的行星中的一个""一个人在会毁灭的有机的自然界里只不过是一粒极其渺小的原生质""爱虚荣的人类往往误入迷途""对经验的片面的过高估价，如同对思辨的片面估价一样，都是很危险的谬误"。这些句子被铅笔选中，从一片黑色整齐的铅字中浮出来，显得格外精彩。

今红正看得起劲，忽然婴儿哭了，"啊哈啊哈"，嫩嫩的奶声，小肖看了他一眼，也不起身，只用脚在大竹筛的顶头蹬了几下，竹筛左右摇晃起来，今红这才意识到，这原来是一个摇篮。今红从来没有见过摇篮，老家的妇女都是用背带把孩子背在身上，不背的时候就把孩子放在大床上，她想象中的摇篮，是一个藤编的椭圆形浅筐，用一根粗绳子悬挂在屋梁上，轻轻一碰它就颤悠摇晃。今红端详这只竹筛，发现它的底部有一根碗口粗的木棒，小肖就是蹬这根木棒使竹筛摇晃起来。这种摇晃硬邦邦的，"咯噔咯噔"地两头撞击，这能使婴儿安静吗？就像应验今红的想法，婴儿又闹起来，这次哭得更响了，声音又委屈又娇嫩。小肖只得停了手上的活儿，她探过身去一摸，说，怪不得，尿了，人家不舒服。她便给婴儿换尿片。

从小肖家出来中午都过了。她们这才动身去渡口，准备过江到南岸的黄冈赤壁。

工厂就在长江边，她们沿江步行去渡口。是多云天气，不晒，也不热，两人都是穿着一件长袖单衣，南下挎了一只帆布挎包，里面装着她的海鸥牌相机。到了户外，今红身上轻快起来，话也多了，东问西问的。还问到了那个"罗少新"，南下

长江为何如此远　91

说他是小肖以前的男朋友，后来回了上海，两人散了。

走上通往渡轮的铁板时，今红想起两年前她也乘过一次渡轮，是从武昌过江到汉口。那次是去武汉展览馆看星星画展，大学二年级，著名的星星画展来了，那时学校里各种学生社团风起云涌，校外活动也来来去去，一阵呼啸接另一阵呼啸，班里总会有人跳出来当领头，召集班中同好，事先把票弄到手，再让制作假票的高手紧急作业，这件事在她们班早就轻车熟路，墨水、刻版用的萝卜、稍厚些的纸，如果颜色不够地道，就用烟熏一下。每次都百发百中，今红就用这种票去洪山礼堂看过几场内部电影，《解放》《山本五十六》《啊，海军》，以及，那部《狐狸的故事》。还在李德伦来学校讲过怎样欣赏交响乐之后，到省歌剧院听了下半场贝多芬《命运交响曲》。但星星画展，没有人出面招呼大家去看，汉口太远了。南下对星星画展没兴趣，是同宿舍的汉口女生，约了今红，逃了下午的课。

那次乘轮渡真是难受啊，春天，穿得有点多，燥热，晕船得很，好像还吐了几口。孤帆远影碧空尽，惟见长江天际流的长江没看见，只记得脚下摇晃着，头很重，近处看到的长江，不过是一片叠一片的黄黄的浊水，"跟黄河一样"。

不像这次，这里的长江最像长江了，两岸开阔，没有一幢高楼，要知道，在这样天远地宽处建一幢高楼是最丑陋不过，会生生毁了那个潮平两岸阔，月涌大江流。水虽浊，却不黄，厚厚的从远处涌来，再连绵不断地向远处奔去，江面真是辽阔啊！风也从远处吹来，是浩荡之气。到了江心，今红看到远处有几只白色的水鸟在江面上飞翔，一会儿高，一会儿低，斜着掠下去，再猛地腾起来，既灵活又很有力量的。今红就想起了海燕。"这都是些什么鸟呢？"她问南下。

"江鸥为什么不停地飞？"她又问。

"嗯，它们大概，把飞翔当成了故乡。"南下用了这句近似诗歌的语言来回答今红的提问。那是一个诗歌的年代，南下从来不写诗，但她像所有老三届的人一样，熟读普希金和莱蒙托夫。

渡轮斜斜地向对岸驶去，它破开连绵的江面，尾部翻滚着两道厚厚的浪花。对岸有一片柳树，远远望去是低矮浓密的，但渐渐它就显得高些了。柳树下面是土质的江滩，有零星的绿色，是一丛一丛的草和低矮的灌木，有几只水牛在吃草。

到了长江北岸的黄冈，步行了二三十分钟，她们来到一处小山岗跟前，土是红的，一面有石壁，山上有房子和树。她们沿着台阶往上爬，一侧是高高的砖墙，墙脚往上三分之二都刷了灰色，再刻了长方形的大格子，墙的上部三分之一刷的是石灰，陈旧的灰白色墙体水痕斑驳。接近墙头有几方很精致的墙窗，灰白色的砖花组成的透孔上再压上一个深灰色的砖花，这一深一浅的两组砖花的摆放也很讲究，是花插着的，一个是凹进去的菱形，相邻的另一个就是凸的方形。墙头上方半尺高有一溜墙檐，搭着密密的灰瓦。南下停下来看了一会儿，说，这墙窗的砖花有灰有白，跟这面墙是呼应的呢！就是太文人气了。

墙脚有一层暗绿的青苔，脚下的台阶时凹时凸的，虽是下午，但天是阴的，也没有什么游人，一停下来就感到森森的凉意。她们几分钟就到了一个有拱顶的门，上方镶着的大石板刻了两个篆体字，今红没注意，她看到门头上还有几尺砖壁，壁上有飞檐，像浅浮雕似的，浅浅地从门头壁上的几重砖雕上飞出来，檐头细细尖尖的往上翘。

一个过路的山门也这样讲究，今红感到有些新奇。她们跨过门，眼前一下开阔许多，左边是一溜围栏，可以看到山下伸展的野地、低矮的树木和零星的房屋，有一只山羊在啃草，几只燕子在近处盘旋，空气中聚集着雨意。今红催南下快走，说要抓紧时间到赤壁去，不然就下雨了。

南下一听就笑了，说，这里就是赤壁啊，东坡赤壁就是这里，那个三国时火烧的赤壁是在嘉鱼，离这远着呢，武昌还要再过去。那一个叫武赤壁，这一个叫文赤壁。听说这就是南下说了带她来看的赤壁，今红大大失了望。她认为赤壁应该像苏轼词中所写的，乱石崩云惊涛裂岸卷起千堆雪，高高的绝壁，赭红的岩石。站在壁前，长江就在脚下，江面应该很宽，像大海一样，不然哪会有力气卷起崩云的大浪！而那裂岸惊涛必定是有几层楼那么高，从无边的江面一路卷过来，到了红色的绝壁跟前呼啸着扑过来，发出隆隆的撞击声，然后厚厚的水浪被岩石撞得粉身碎骨，撞成一片碎玉，它们挤在江面沙沙地退去。多么壮观激烈。而现在，不过一个小土山，哪里有什么乱石崩云，甚至连长江都看不见。

今红委屈地问道：那长江在哪里呢？南下让她看远处，只看到了野地、树木和零星的房屋，南下便指着地平线那边，让她注意看一道几指宽的白色的水流，说那就是长江。

闷闷的。懒懒地跟着南下走到山的后面，在山顶的亭子里待了片刻，又在一块刻着《赤壁怀古》的石壁旁看了看，一路闷头闷脑的。南下觉得好笑，便和她说话，说宋代范成大早就说过，赤壁是个小赤土山，无所谓乱石穿空（注：此诗有不同版本，今红取乱石崩云，南下取乱石穿空），是苏东坡太夸张。今红这才说话了，她委屈地问道：为什么长江在那么远那边？

燕子来来去去地盘旋，似乎比刚才更多了，天也阴了一成，空气中雨意更浓。南下觉得这种光线拍照不会好，但她前后看了看，还是让今红站在刻有赤壁字样的门的下方，因为除此之外，再也没有别的地方能从画面上看出来是赤壁。

今红站在门阶前，她的身后是墙、墙窗、墙檐、门和门楣上的飞檐，没有石壁，也看不到山，透过门口只看到几棵挺矮的灌木，但是今红笑了，露出了一口整齐的白牙齿。不管怎样，她都是很喜欢照相的。

然后她们下山，仍乘轮渡过江回到长江南岸。回到南下的厂子时已经快五点了，返程车是晚上八点多，剩下的时间还够在厂里再转转。南下决定再去看一个熟人。

再次穿过宿舍区一排又一排的房子，走进一间窗台摆着吊兰的房间。这屋子显得很大很空，地面似乎还有些下陷，光线也暗，四周简单的家具也都一并暗淡。屋里有一个女人，脸特别白，眼窝很深，显得眼睛又黑又大，穿着一件竖领的藕荷色的衣服，有点怪，却又是好看的。今红觉得她一点都不像工厂里的人，不光不像厂里人，更奇怪的是，她也不像这个时代的人。像哪个时代的人呢？

南下管她叫杜大姐。问她在干什么。杜说，还能干什么，还不是看看《红楼梦》。今红看到桌上正搁着一本被看得很旧的大开本的《红楼梦》，书页翻开着。端详房间四周，床是一张单人床，一桌一椅，干干净净，整整齐齐的，却未免让人觉得清汤寡水。墙上也同样干净，不见有照片。

略坐了一时杜就送她们出来了。走到工厂礼堂门口，杜说：今晚上厂里放电影呢，别走了你们。南下和今红互相望望，杜又说，吃了晚饭，看完电影，住一夜，明天再走吧。她的话说得有些哀，让人不忍。南下小心说，明天还要上课，还是要回去的。杜就不再留。三个人在礼堂门口站着，南下不动，今红也默着。过了一会儿，杜说，本来以为电影能把你们留下来，看来留不住你们了。你们走吧，天快黑了。

南下和今红就走了。南下在路上和今红说，杜的身世很惨，解放前她在一家国立中学念书，因为人长得漂亮，被一个国民党军官看中了，中学没毕业就被这军官讨去当姨太太，结果不出一年，全国解放，国民党军官下落不明。"文革"。整得很惨，也没有工作。后来在报纸上看到一份特赦名单，那个军官的名字就在其中。她去找，人早就死了，七折八转，安排进工厂的图书室当管理员。一个很好的女人，就这样，一辈子。

长江为什么在那么远？今红听见自己多年前的声音。几乎也是在同样的石板地，也是阴天，也是快下雨了，也是燕子飞来飞去。就这样，南下，连同她的额头，连同她脸上的梨涡，连同多年前的樱花和槐花，绿色的琉璃瓦、蒸汽腾腾的澡堂、走廊上的煤油炉，连衣裙圆窗口生物系的大火食堂小操场，等等等等，一切，在黄冈这个土坡，一阵一阵掠过。而江风自远方吹来。

二、四年间

南下的脸首先，从槐花中浮现出来，真是奇怪。大学以樱花著称，槐花是躲在哪一个角落里的呢？今红使劲想，却怎么都想不起来了。

这种白得像象牙的花竟然能做成包子，那么高的槐树，大团大团的槐花，一点也闻不到香味，只看到它是高的，高而远，天是蓝的，耳朵里传来星期天的声音，闲而静，忽然喧闹，然后又有唱歌声。是谁这么三八，或者斗志昂扬？那个政治经济系的女生，剪着很短的短发，宽脸，黑肤，她在水房洗床单。她唱得不错，但不招人待见。听说她也有三十岁了。

摘了一串串的槐花。

掉到地上的不要。

是用竹竿的一头夹下来的，就像小时候，用竹竿夹屋后的龙眼。洗干净。清水冲刷着白色的花，混合了经济系女生的歌声。她唱道：我的家，在东北松花江上。她又唱：我们走在大路上。还唱道：红星闪闪亮，照我去战斗。它们都混合在那一堆星期天的槐花里了。

像盐一样。

那只带盖的饭盒，是南下从工厂带过来的，它盛满了槐花，在书桌的一头。书桌的另一头她用来揉面。没有可笑的案板，那是家庭、厨房、日常生活的东西。在大学宿舍里，在书桌上做菜包子，真是奇怪。

什么都没垫，书桌是新的，半年前才刷过油漆，暗红色。

光可鉴人。

面粉撒在那上面。很奇怪。

她不说话，一声不吭，她脸上的梨涡浅浅地跳动。这种北方妇女的活她是在哪里学会的？一团面，本来是在一只小脸盆里，面粉，是在脸盆里，放一点点水，用手抓，手上沾满了白面粉。然后，一团面到了书桌上。忽然想起北大荒。她的一双会干活的手是从那里来的，一双脚也是。

她安静，梨涡也是安静的。一只只包子围成了圆圈，在暗红色的书桌上，槐花在包子里，槐花的象牙白和微青和紧闭的花瓣和难以觉察的清香和微涩，那我所不能理解的一切都在包子里。

煤油炉，一只铝锅，水蒸气卟卟地上升，弥漫了整个楼道。煤油的气味也弥漫。中午一点多，太阳有一点犯困，政治经济系的女生也不唱歌了，她的床单已经晾在两棵树之间的绳子上，是一棵枫树和一棵苦楝树，我们的槐树在哪里呢我还是想不起来。这边的宿舍没有老斋舍好，那绿色的琉璃瓦屋顶，像布达拉宫那样依山而建的台阶直到山顶连接图书馆的宫殿和落地大玻璃窗前开着大朵白色花朵的树木。老斋舍的楼顶栏杆能晒床单和被子，我们的被子从前就是那样晒在老斋舍的阳光下。

槐花包子分发给大家，人人都欣喜呢人人都没吃过槐花包子人人都说没听说过槐花还能做包子馅。她给我拿了一只最大的，我立即就咬了一大口，咬到嘴里的槐花馅很古怪。是软的，又疲又塌又衰，有一点滑，却又有一种涩，味道是淡的，难道没有放盐么没有放盐怎么能吃，轻微的怪味完全压倒了清香，那想象中的槐花的清幽它们一簇簇在枝头上迎风招展的旖旎和它们含蓄的小花瓣都到哪里去了？它们死得很难看，它们死在包子里是黄色的皱得不能再皱。

大声说难吃死了太难吃了真是太难吃了。

一个人的不懂事是无可救药的。

不知道自己为什么会如此，为什么会不停地说太难吃了像猪潲一样让人想吐。你就是这样一个莫名其妙的人。

听见南下说：够了，不能这么说话！南下，我现在还听见你责怪的声音，它们像蒸汽一样，扑进我的眼睛堵在我的鼻孔里。事实上，这种语调是家长式的，恨铁不成钢锤炼摔打修正。在责怪中是一种难以觉察的亲人般的语调。

在潜意识里我肯定也是把你当成家长的。因为从来没有家长。像野草般疯长完全没有章法毫无教养是一个野孩子，问题儿童问题少年问题青年。这样一个人你挺身而出一开始你就挺身而出，一开始，在布达拉宫似的老斋舍，在樱花大道的上方，在那个有一只圆形窗口的大房间。我靠近那只圆形窗口，是下铺我不喜欢。我任性地说我不喜欢这个下铺我睡不着而且，这只窗口没有窗玻璃只有一面红旗挡着，这样怪诞的窗形和红旗让我不安，我又说这窗口进来的雨都刮到我的床上全宿舍的雨都到我一个人的床上我不想在这个铺位。我的话刚刚说完你就说：我来跟你换好了。

像床单一样安静。像蚊帐一样自然。

像书籍一样整齐。

你的酒窝也一样安静自然，因为它们知道那个李今红是一个顽劣的孩子，它们毫不见怪。

一天晚上生物系火光冲天浓烟滚滚今红你在呼呼大睡，南下把你叫起来赶去救火，她又摸你的头又拍你的脸，最后她还揪了你的小辫子。我从睡梦中睁开眼看到电筒的光柱在飞，它们在黑暗的宿舍里像捣乱的闪电飞来飞去撞到圆形窗口的红旗上像是火光已经到了床跟前。脸盆、桶、拖鞋互相碰响的声音急促杂沓好像大火已经烧到了床跟前。南下喊道今红今红，我迷糊着穿上衣服拿起自己的脸盆跟在南下后面出了门。台阶连着台阶树底下的路比平时要硬，空气是一片一片的凉一片一片地扑到脸上。在黑暗中人人都是灰黑色的南下也是灰黑色的她灰黑色地在我面前半步急急地走，我跟在她身后。人很多，前后的人都很多，有很多人从我们身边赶过去，碰到我们的脸盆和肩膀。闻到烟味了，像生产队砖瓦窑的气味。越过一棵悬铃木就看到了滚滚浓烟从生物系两层楼顶冲上天空，而我们班的王劲他高大的身影和高大的声音从烟的方向传过来。

要从两百米远的宿舍接水来灭火要排队接力传脸盆，不要拥挤要排队王劲的东北口音和李迎风的细细的娃娃嗓混合在一起他们两个人是恋人。我端着一脸盆水跟在南下后面她也端着一盆水，我走得踉跄水泼出来淋到我的鞋子上我走几步就要放到地上歇一歇我连连喊道等等我，我担心南下在人堆里消失。

有半盆水可以用来救火但火已经不用救了。

火灭了。

一层层的人站着，我们站在人堆中。意犹未尽人人都意犹未尽，因为火灭了。其实火早就灭了，黑色的浓烟滚滚。

在深夜走在樱花大道上，滚滚的浓烟在身后，我们的老斋舍，我们的布达拉宫，它在深夜里身影巍峨层层叠叠直伸到天空，天上是一轮满月，圆满丰润，月亮的光芒覆盖大地，洒在樱树的枝叶上，樱花早已开尽，但月光之下层层枝叶是如此轻盈。

这样的世界早已不存在而我们走在樱花大道上。在深夜。

我们拿着脸盆，鞋子是湿的。

脸盆是在洪山供销社买的，盆底有一只红色的圆灯笼和一只红色的双喜，像是乡下结婚的物件。南下的脸盆底是一只天鹅，盆边是淡淡的蓝色。两只脸盆在四月份樱花开的时候扣在一起用一条行军绑带绑着里面装着锅碗盆瓢和筷子一路上叮当作响，四月份，校园里的樱花有点谢了枝头零落但听说磨山的樱花和桃花正盛。四月份。

磨山的桃花正旺老三届的兄长大姐们人人脸上盛开着，老三届人人都是浪漫主义者我跟随着他们一路渡过东湖去到磨山，东湖浩大豁朗它的水浪汹涌直到山脚的桃花，我们坐在小木船上脸朝着磨山而阳光洒满全身连同我们的脸盆，湖水荡一下船就荡一下脸盆里的碗筷就唰啦一下，我们宿舍八个人的饭碗和调羹和筷子都在脸盆里它们互相碰得叮叮响。

水浪汹涌直到山脚的桃花，在山坡的草地上挖了一个土灶干树枝在灶里燃烧烟很大，灶和锅都烧黑了因为捡来的树枝还不够干但水开了饺子被南下赶进了沸水里。

野炊这样的事情只有大同学才能干成。老三届。

他们在泥里滚过了在火里蹚过了所以泥土和火都听他们的，他们走着辽远的道路从北大荒或者部队工厂席地坐着和我们围成一圈。

长江为何如此远　　101

野外的饺子热气腾腾。

同窗共读每天挎着挎包走在校园里上坡下坡理学院阶梯教室数学楼203文科楼102，全校的文科生挤在礼堂人人选修令人激动的美学课原来美学是哲学的一个分支。刘纪纲老师桃李满天下。

体育课都是女老师她们都又黑又瘦像是来自中越边境，夏天学游泳在东湖里扑腾南下托着我的肚子我还是一再喝水。大四学舞剑，木剑挥舞姿态古怪在大操场上高龄的女生三十岁坐盘反撩。

两个大操场一个小操场和一个体育馆在悬铃木的环绕中。下雨了我们就在体育馆上课馆内有高高的圆顶，雨落在圆顶上是灰色的湿漉漉的深灰色。图书馆也是圆顶。

所有叫做馆的建筑都是圆顶的。图书馆门口有两株树有巴掌大的树叶和鸽子一样的大花，飞翔的白鸽停在树上就不再飞走它们放下翅膀仿佛沉睡多时。它离我们的宿舍最近，台阶下的空地走一百步再下几级台阶就是我们圆形窗口的宿舍，而它的落地玻璃来自一九一几年或者一九二几年总之是世所罕见，这座校园里的一切包括它的湖光山色都是世所罕见。

而南下在深处。

图书馆是如此辽阔一排一排的人头黑色的头发，高背有扶手的暗红木椅富丽堂皇。年深日久的包浆。校园里的名人同坐一室诗人高伐林坐在斜对面哲学系的赵林在靠窗那边他是著名演说家永远具有煽动性。而南下在深处，她低着头写一封长信她的字细长有力却又娟秀。信封上总是写着上海襄阳路某某号，那是一幢楼的门牌号么？

为什么南下没有参加校内的学生社团。

为什么我也没参加。

有的社团声势浩大葱茏蓊郁文学社请来了著名诗人舒婷礼堂满头大汗，爱乐社请来了李德伦呈示部发展部命运的敲门声而美术社，他们过江去看星星画展然后在饭堂眉飞色舞。小型的兴趣小组我们也没有参加他们研究陈独秀或者巴黎公社或者文化大革命。当然还有马克思恩格斯研究小组《共产党宣言》《反杜林论》《路易波拿巴的雾月十八日》《德意志意识形态》以及专门的《资本论》研究小组。当然也有毛泽东思想研究小组。

什么小组我都不去，不张望不打听。

但你为什么也不去。

有一次她专门把我叫到寝室外的小树林里说要告诉我一件事是关于张志新，她说张志新张志新，她的声音有点颤抖她都是这么大的人了她要专门告诉我这件事，她说张志新，在她被割断喉管之前，她被强暴了。强暴凌辱。还被割断喉管。南下的声音在黑夜的树林里变得我认不出来，就好像，是她本人，而不是远在天边的张志新，遭受凌辱。

她在宿舍里有时会说一说《伤痕》《爱的权利》，我肯定她也酝酿一个小说而最终没有写，喜欢俄罗斯文学，托尔斯泰的像在她的笔记本里，还和我谈过文学的倾向性问题。但谈不下去因为我不懂。那些歌漫流在圆形窗口十二个大寝室几乎人人会唱除我之外，《山楂树》是女声《三套车》是男声，茫茫大草原路途多遥远，有个马车夫将死在草原。一条小路曲曲弯弯细又长带我奔向迷雾的远方。真是又悲又凉在骨头里的凉。

共青团员集合起来踏上征途万众一心保卫祖国再见吧亲爱的妈妈请你吻别你的儿子吧再见吧别难过莫悲伤祝福我们一路平安吧。

这些歌全都像雨一样。

如果有一场暴晒那就是《年轻的朋友来相会》，合唱，比赛，小操场的舞台，年轻的朋友们，我们来相会，伟大的祖国明天属于谁，天也新地也新，光荣属于八十年代的新一辈。一百瓦的灯光，冒汗的脸。在集体的合唱中有亢奋。

同窗共读就是相互招呼着，掮着挎包上台阶下台阶走小路穿树林从一幢楼到另一幢，宿舍教室图书馆食堂操场，樱树、桃树、悬铃木、银杏树、枫树、槐树和柳树和紫荆树，草间的泥土小路、砖石甬道、水泥林荫道，依山的重重叠叠的阶梯，讲义教材笔记本参考书油墨的气味在寝室和教室弥漫。

在无趣的课程中她带来许多神奇的事物，小小的发卡一种奇怪的笔漂亮的本子它们来自上海，一开学她就会送我小礼物。还有吃的。它们集合在一起犹如光芒升起在灰色的课本上。

光芒升起来，是苹果酱蟹酱小泥螺这些吃的东西，连同别出心裁的槐花包子甚至面条和猪油，甚至酱油和绿色的葱花，有多少吃的东西我想了起来，现在我才知道，它们都不是你们这些三十多岁的人的正常食品。而当年，简直称得上是惊艳，每一样都从你手上生出来源源不断。

枣红色的苹果酱我第一次看见，她从旅行袋里拿出来说这是苹果酱我就吃惊地问道苹果怎么能做成酱呢，我的家乡没有苹果只有黄豆能做成酱，朝鲜电影《摘苹果的时候》里有苹果它们像仙女一样脸蛋红红的在阳光下，为什么要把它们做成酱呢？它在我的舌尖上是酸甜酸甜的。蟹酱也是把蟹捣成酱真是一件恶心的事亏了有人想得出来，闻着是又咸又腥的我坚决不尝。面条和猪油是多么亲切它们升起在我的味蕾上使我看到寝室外的宿舍走廊，当时我们已经搬到了行政大楼的后面，走廊尽头有一扇大窗并不那么黑，水沸了在煤油炉的锅里，挂面和猪油和盐，也都一一在锅里，它们合在一起翻滚，合在一起散发出面香气，然后落在我的碗里面香沁人。

忽然想起螃蟹，一定是东湖里长的那么大那么肥深褐的蟹螯用稻草捆着，是在哪里买到的我不知道。南下喜气洋洋的她宣布要蒸螃蟹给大家吃，星期天，三只螃蟹在她的脸盆里，她蓝边的脸盆里有一只天鹅三只螃蟹就趴在天鹅上，从没有见过这么大的螃蟹有拳头那么大，我们广西乡下的螃蟹比蜘蛛大不了多少它们在稻田的烂泥里，或者水沟的旁边或者泥塘里，我蹲在脸盆边端详那三只螃蟹不明白它们怎么能吃，如此坚硬的铠甲怎么咬得开呢，除非你是狮子。

我跟着脸盆到盥洗室，她解开稻草抓住螯钳让我用刷子刷遍螃蟹的全身，肚子的鱼肚白爪子间的缝隙连同它小小的眼睛和金黄色的毛发。姜末和醋混合在一起发出的气味让我咽口水，而我们家乡的醋都是白色的这种醋好生奇怪。每一个步骤我都要看得仔仔细细，我要知道一只螃蟹是怎样变得可以吃到肚子里的。她说很简单很简单她把三只螃蟹放进碗里，锅里放了水就盖上盖蒸起来煤油炉的煤油依旧，火柴一划就点着了它们，走廊依旧，窗口照进来的平行四边形的阳光依旧，煤油炉上的铝锅依旧蒸汽依旧，但蒸汽上升的时候碗底的卟卟声越来越大，螃蟹就在蒸汽中。

她说：好了。她把锅盖一揭，浓白的蒸汽迎着我们的脸，迎着我的眼睛鼻孔和嘴扑过来，我往后一仰，再低下头时那三只螃蟹不见了，它们变成了橙红色因而我认不出。冒着热气鲜艳的橙色亮晃晃的在锅里，吹着气来到书桌上，三四个人围着坐好，大家都不知道该怎么办，而她细密的牙齿咬开了坚硬的铠甲是那样斯文，细壳套进大壳里像魔术一样完整的蟹肉整根脱了出来。

在这样的星期天总是有电影，下雨也有电影，小操场体察人心，即使露天它也是体察人心的，四周的阶梯一级又一级一直伸到树梢，高大的悬铃木环绕抬头可以望见星星，学校发的小板凳是方的，每人一把我们坐在环阶上。下雨了雨伞一片，越过伞柄的缝隙银幕那头是黑白的远去的年代，那些人，那些遥远的地方，那些硝烟战火，或者，虚幻的浪漫和激情，在那一块大幕上。而雨水打在伞上溅到脚背，雨声时大时小打在雨伞上。如果下雪也一样，下大雪也一样。双脚埋在雪里，雪花飘过银幕。黑白片，巨大的冰山迎面撞过来，好像脸上一片冰冷，脚是木的双脚陷在雪里雪花在飘，幕上的轮船无可挽回，它要沉没在冰海里，船舱内外一片混乱脚步杂沓天空漆黑，一个男子在甲板上拉小提琴，琴声飘到雪花上纷纷扬扬声音是有脚的，而船在下沉海水已经淹到了拉琴人的脚。她泪光闪闪。

一个三十多岁的人总是这样容易落泪，而顾彬彬不会哭，她像一块石头，足够坚硬和冷静。

那些不同寻常的事物还包括连衣裙，那件布做的连衣裙，白底，布满棕色的V字形图案，她陪我到小东门买的布，12路公共汽车，斜坡窄路摇晃着。花色实在太少，好看的没有，但这块布是最好看的。裙子不知所终，不知它现在到底在哪里。大学毕业前的最后一个夏天我总是穿着它，而她自己不穿连衣裙只穿半截裙，她说今红你喜欢连衣裙吗我来给你做一条，她的剪刀不知是从哪来的，她的尺子也是，剪刀铰在布上发出嗞嗞的声音十分悦耳，缝纫机是哪里的我一点都想不起来了，难道是学生会的？我到过一次那个小屋的角落里堆满了红旗，红旗堆中有一台落满了灰尘的缝纫机么我一点都想不起来了。总之，她踩着缝纫机的踏板抿着嘴，一连串轧轧轧轧的声音连衣裙就做成了。

整整一个夏天我都穿着这条裙子。放暑假我仍穿着它穿到南宁我姑姑的工厂，红砖房子阔大的车间数个食堂篮球场一排排水龙头，我穿着这条裙子出没在红砖平房的生活区里。之后我回到乡下和我外婆到小镇上合影她坐着我站着仍然穿着这条布裙子。

算起来这是你的第一条连衣裙，没有好好留着。深情厚谊过了很多年才能重新想起。一个人过度关注自己，四年都没有从自己的壳里钻出来，四年完完全全白过了。跟谁都不爱说话。跟人隔着一层雾，跟整个世界都隔着一层雾，而你整个人也都在雾中，这雾怎么都拨不开你根本也不去拨它。也就等于隔着山隔着水你谁都看不见，好像什么事情也都跟你没有关系。

整个大学生活就像冬天澡堂里的蒸汽，她的脸从蒸腾的水汽中露出来，她们少数几个人的脸影影绰绰地露出来，很快又消失在蒸汽中，简直没有完整的事件，没有故事，支离破碎，灰秃秃的就像你留下来的全部大学时代的照片,洗印粗劣更兼保管不善,白的地方是灰的,黑的地方也是灰的,照片新的时候是浅灰,隔了三十年变成了灰黄。校园里的湖光山色也都跟随着,灰成了一片。春天樱花开得烂漫,却也是灰色的,春天的紫荆秋天的枫叶,一统笼都是灰的,倒是冬天,整个寒假屋顶白雪不化,图书馆行政楼教学楼宿舍食堂所有的屋顶都积了雪,厚厚的一层,檐头滴成冰柱,笋节嶙嶙,如同溶洞里的万年钟乳石,所以雪地里拍的照片倒不是灰的,白得简洁,寒冷,比起灰色爽目,却也仍有另一番萧索。

站在一棵大树的旁边,穿着姑姑的穿旧的皮棉鞋,全身臃肿,阔大的棉裤,裹成粽子的棉衣,棉衣外面套了一件深绿格子的呢外套,是新的,姑姑专门买了寄来,挡寒实用,式样难看,但比学校发给困难学生的棉衣要合身一些。深蓝色的棉外罩,肩很宽,袖长超过中指,在宿舍看书自习可以披着,只有一床棉被特别冷,所以又可以压在被子上面,沉甸甸的相当于另一床棉被。

床上的褥垫学校都配发,是稻草编织。班里统一领回,人人都有,不论贫富。稻草的气味宛如家乡,冬天稻田里伫立的稻草人星罗棋布,干得发白,或者,淋着雨冒着烟是深黄的颜色。家乡的稻草垫也是这样编织的,一握一握,用辫子编得紧紧的,一根都抖不下来,铺在床板上,再铺上草席,坐上去,厚实暖和富有弹性。一个好的大学就是这样。

最冷的时候总是坐在床上,穿着棉衣坐在床上盖着被子。冰天雪地,屋子里没有阳光。寒假从来没有回过家,每年的旧历年都在学校过,寝室里只剩下独自一人,走廊是空的,盥洗房、厕所、开水房、澡堂，鼎沸的人气消散了，水槽是干的，打饭不用排队，你一直走，两旁的树枝压满了雪，通往食堂的小路边也是厚厚的雪，路中间踩出来窄窄的一小溜。一勺饭一勺菜叮叮两下拍进碗里，最好是站在饭堂里吃。路上飘着微薄的热气，回到宿舍就凉了。

大年三十，在通往食堂的雪地上连连打滑，上二楼又上三楼，楼道都是黑的，把两只碗放在地上，开门，拉亮灯，雪白的日光灯照亮了空无一人的寝室，又到门口的地上端起饭碗放到书桌上。而这时候，南下给你的明信片正在路上，风雨兼程火车隆隆，而你不知道。

那张明信片，贴着的邮票是一朵红色的莲花，佛座莲，一大朵莲花两张墨绿色的大荷叶，多少年后你还记得。落款写着你熟悉但至今没有去过的"上海襄阳路某某号"，正月初二，它迤逦而来，而天空晴朗湛蓝，校园银装闪闪。

然后七点半！电影就要开场了！

在小棉袄的外面套上学校发的大棉袄，围上大围巾。小板凳抓在手上直奔小操场，连着放两部好片子，入口的小门，黄色的灯光也洇着一层雾气，四面都有人拥来，人人嘴里哈出的白气都聚到了门口。原来有许多人都没有回家过年。刚下过雪，没有风，地上的雪是硬的，前面已经有人踩过了，板凳放在雪地上。双脚搁在雪地上。

穿着小叶借的翻毛皮棉靴，小叶说今红你不回家过年我的靴子留给你穿。她戴着眼镜沉潜深流，部队子弟但不知道是什么地方什么部队，她寒假是回郑州还是西安还是南京？哪都是很冷的她为什么不穿着她的皮棉靴。隔着一层雪想起小叶而电

长江为何如此远　109

影开始了，是新闻简报鲜亮的彩色从后脑勺直射过去。

同学都是好的。一个初三来，另一个就初四来。初四来的是曾觉之，她拎着一只饭盒，用几层毛巾裹住，花生炖排骨连汤带肉还冒着热气，她说我担心凉了呢一路赶着，学校又没处可热汤。要趁热吃，她满意地坐在一边，你大吃，排骨是炖烂的花生是面的汤正浓味正醇，你大口大口毫不斯文，而觉之坐在一旁。她还带来《莎士比亚全集》第某卷，她总是带来书给你她说，寒假寝室没人，冬夜拥衾读书是人生一大快事啊。这些话真是熨帖让人不由欣悦，人万不可自怜，不可自怨自艾，在空旷的校园一层层沉下来。初五去了励宪家，和她全家玩成语接龙。初六李迎风，她带来了内部电影票，下午两点，搭上公交车，去洪山礼堂。

同学都是好的。学校也是好的。是你不好。

你为什么不好，你不知道。

食堂的角落里忽然出现一堆新鲜的灯笼椒。形状像小小的长灯笼，肉厚，不辣，当年极少看见。这样新鲜的菜蔬让人精神一振，它们被卸在食堂大门的背后，深绿色的，饱满的，有一两只破了皮，发出微微的鲜辣。

它们是伙食中花枝招展的客人。是日常伙食平凡的汪洋大海之上的一艘船，日常伙食是连绵不断的红菜薹炖肉片和莲藕炖肉片，此外还有什么再也想不起来，是不是还有大白菜和土豆，总之统统都是炖一大锅炖得烂烂的它们连绵不断。而绿色的光芒升起在食堂的门背后，那么多那么饱满，鲜艳紧致，它们何以出现在这里？什么时候能到我们的饭碗里？千万不要炖一大锅，千万要一镬一镬地炒，还要配多一点猪肉和酱油，把镬底烧得旺旺的，绿色的椒片和金黄色的猪肉片均匀混合，相互辉映，自个亮晶晶的把对方也照得晶亮，两方的香气混合，从镬里升起，漫过窗口和食堂，跟随饭碗去到宿舍。

灯笼椒，它果真是稀罕的，南下说，肯定是用来做毕业聚餐的菜。

不由得提前想那顿最后的晚餐，饭厅，圆形的饭桌横的竖的都整整齐齐，这是当然，因为圆桌子折叠起来，就摆在饭厅的两侧。上一届的毕业餐就是这样的，仿佛还铺了白色的桌布，仿佛有许多大灯亮如白昼，仿佛一圈圈的玻璃杯里透明的酒液都纷纷发出清脆的声音，杯子互相碰着，人人的脸都红着，发着光，有人哭，有人笑，有人默着。毕业的盛宴就会是这样，它隆隆地开过来，让人感动又难以想象，我们平凡的食堂，平凡的饭厅，积满灰尘的桌子，难道就要与那辉煌的盛宴迎面相遇了么？

小组鉴定做过了。分配方案宣布了。大龄同学在毕业前结婚，大龄的女生，她忽然穿着臃肿的棉裤，给大家发糖果，说登记了。又邀请大家去她的新房，是借的一间宿舍，四面刷了石灰，白得明亮，有一张双人床，床单是粉的，枕头也是粉的，棉被叠得整齐，是大红的缎子面。房里有一桌一椅一柜，此外几乎是空的，窗上贴了一对红色的喜字。同学含着笑，请大家坐在床上。大家都说好，说简单是最好的，最大气不过。新郎很是普通，与今红预期的不一样，不高大英俊也不才华横溢，而且家是在县城。女同学生在教授的家庭，天天注意保养，总是要用温水洗脸，再用冷水拍脸。每天早晨看见她往脸盆里倒上一点开水，脸盆飘着热气，她也飘着，一路从走廊的

长江为何如此远　111

这头飘到走廊的那头，飘进水房。

结婚是庸俗的事情。吃喜糖、一个眉目不清的男人、柴米油盐酱醋，粉色的床单和枕头也都是庸俗的。心里并不替同学欢喜。但听见励宪说，又听见南下说，她们都说，人生的一个重要阶段就走进去了，稳稳地开始新生活，也不惊慌也不埋怨，总是好事情。八十年代初，一个禁欲时代尚未真正结束，个个都是谨慎的。临到毕业，地下的一对一对都到了地上，各人的对象也都从各处赶来，分配在即，都怕被分到遥远的边疆。

生命的真相仿佛哗的一下揭开，露出了许多未曾料想的东西。男生的女朋友，来了就住在女生宿舍，女生的男朋友，来了自然是住男生宿舍。差三隔四的，走廊寝室，进出着生面孔。武汉本地的同学，也常常不在学校住。床是空的。

惊异地感到新鲜，但人是呆的，懵懂。一直都是懵懂。在书里明白，一不在书里就糊涂。书本就像榨汁机，把今红榨得不识人间烟火。

懵懂着忽然听说下午就是毕业大餐。但是奇怪，中午到食堂打饭时却不见端倪，大圆桌仍是靠墙摆着，连灰尘都未掸掉，屋顶也不见多拉一根电线多安一盏灯。只是，仅仅是，门背后的那堆灯笼椒，真的不见了。而且，伙房里人气沸腾，有炸鱼的香气传出。一辆小型货车，停在了食堂的后门，一箱箱的啤酒被卸在空地上。

在寝室里大家招呼着要把书桌拼起来，今红问拼桌子做什么用，大家就笑，南下说今红你这个糊涂虫，晚饭是毕业餐呢，大家要好好吃一顿。今红就更糊涂了，难道要在寝室，这么郑重的晚餐。

天空中像焰火一样明亮的晚宴，一百瓦的大灯，一排排的圆桌子，白色的桌布透明的酒杯叮叮响成一片的风光，一样都没有出现。全班聚餐都没有，连小组聚餐都没有，男生女生不在同一幢楼，这顿重要的晚餐，是在各自的寝室。

多么扫兴。

黯淡。不像样。但人人都懂事，都是生活千锤百炼过的呢，不怨。大家帮学校找理由，一个说，上届工农兵学员，人少，食堂当然能装下。另一个就说，七七级人多，就算有大饭堂，也找不到那么多的桌子椅子。大家心平气和，拿了各自的饭碗饭盒，穿梭般地走在食堂和宿舍间的小路上。平日用来下面条的锅，本地同学从家里带来的大盆小盆，统统出动了，盛着炸鱼、粉蒸肉、排骨、红烧肉、烧鸡块、炸丸子。还有那稀罕的灯笼椒，果然是炒得亮晶晶香喷喷的。还有汤呢，是骨头炖藕，还有米饭，给北方同学准备了白面馒头。拼起来的书桌都摆满了，又通知说每人还发一瓶啤酒。

人人都在路上穿梭，这么多菜一次运不了，有人来回三次，有人来回四次，最少的也去了两次。把相同的菜归齐在一处，饭碗空出来，倒啤酒，或者用漱口的搪瓷缸，大的小的，花的白的脱了漆的，乱糟糟地碰杯，声音难听。寝室里仅八人，吃了一时就没了气氛。各人端上自个的搪瓷缸串门找人说话道别，也有人约着到男生宿舍那边。书桌上的七碗八盆才吃了小半，菜凉了，汤也是凉的，面上结了一层凝油。寝室里只剩了南下和今红，南下说，把喜欢吃的菜夹到碗里，我给你倒上滚烫的开水烫一烫就热了。

长江为何如此远　　**113**

寝室里静得像平常的星期天，女生宿舍，没听见有什么闹酒的吵闹声。隔了两三个房间，听见传来哭声，是那个爱在水房大声唱歌的短发女生，政治经济系的。楼道里有人轻声议论，说她被分回老家，一家地区工厂的政工科。南下分回了上海，今红分回了广西。有十几个人分到了北京，十几个人留在了武汉。先前有风声说有青海和新疆的名额，后来又取消了，因为年龄大了，能照顾就照顾，几乎人人都分在了省会城市，京沪穗，南京昆明西安长春，人人都心平气和的。老顾考上了公费留学生，如愿以偿。曾觉之则考上了本校的研究生。

　　学校很快就空了。宿舍食堂，操场走廊，图书馆，日见寥落。寝室七零八乱的，人人都在打包，捆的捆，扎的扎。每个人都去买了一捆麻绳，纸箱和木箱，也都从各处找了来。书籍码进箱子，被褥塞进帆布袋，用毛笔写了姓名地址。李迎风从部队要了一辆军车，全班的行李都运到火车站办了托运。

　　今红走的时候是顾彬彬励宪等一干人送到火车站。老顾向来是独往独来，这次毕业送站却来了好几次，样样事情她都是做到十全十美，令人叹服。

　　不论亲疏，能抽身的都来送行，大家纷纷说，这下一别，一辈子可能就见不着了，这话一说，引得人人想哭。挥手告别。火车缓缓开动，乱纷纷的只听见喊道：写信啊记得啊路上自己小心啊。

　　是在一月，空气冷而湿，探出的头缩回车厢，一阵风扑进来，声音就远了。

　　南下没有考研究生，最后关头放弃了。她说孩子都四岁了，一直放在上海奶奶家并不好。话虽如此说着，南下却变得沉默起来，吃得也很少。人瘦了，像一个失意的人。今红没头没脑找话，说这个专业太无聊，送给她研究生也不读。

毕业餐一吃过，南下就先走了，因为妈妈病重。临走，南下跟今红告别。她说，今红你什么时候到上海来玩，我带你逛淮海路，你要去看看外滩，那一片建筑很漂亮的，像欧洲。

今红把南下送到公共汽车站，临上车时南下又说，一定会到南宁看她。车很快就来了，人不多。上了车，南下从窗口向今红招手，"肯定还会再见面的"她脸上的梨涡露出来，很肯定地说。今红也招着手说道"肯定肯定"，今红认为，即使别的同窗今后见不着，南下是肯定可以再见到的。车身一晃就开了，两旁是高大的悬铃木，冬天的树枝光秃秃的。车子缓慢地向着光秃秃的远处驶去。

三、樱花

已经是四月中旬，樱花掉得差不多了。虽说过了三十年，但樱花每年都是不早不晚，到了四月初就开出来。老斋舍跟前的樱花总是开得繁盛，一片一片的，层层叠叠，有多远的枝就有多远的花朵。从这头望向那头，真是像密实的云层，一层浅红一层粉白，既是密的，又是轻的。再想想别的花，梅花疏落，桃花太实，牡丹呢，太张扬富贵。玫瑰好是好，但每家花店都摆着一大堆，不论春夏秋冬，一年三百六十天。再好的美色也被耗损掉了。只有樱花，经得起回味。尤其是夜晚，满月，一轮金黄色的大月亮垂着，不高也不低，一树繁盛的樱花浸满了月光，温润、神秘、难以企及。而你站在老斋舍的台阶下。然后，在记忆中，层层花瓣微微翕动，分泌着月光。跳荡、起伏，花朵汹涌。

樱花说谢就谢，一阵风吹过，或者一场小雨，没什么声息的，花瓣就落了一地。你哪怕仰酸了脖子，也不会找到一叉树枝有超过五朵花的。短得就像一场梦。

本来说好在樱花开的时候回母校聚会，班里的组织同学给每人发了电邮，邮件的标题是"樱花时节又逢君"，主题是"相识三十年大聚会"，为了耸人听闻，又说是最后一次大聚会，因为全班五十四人，大的已经六十岁，小的也接近五十，在单位里有点小权能利用，也就这一两年。不料邮件发出没多久，组织的同学单位遇上要紧事，只好往后延了一个星期。

就变成"落花时节又逢君"。

四月多雨，却忽然又会停了出太阳。厚外套。冲锋衣。自然要穿户外活动鞋。徒步鞋有点重，跑步鞋虽是耐克的，却是网面，不防雨。应该再买一双户外休闲鞋。裤子，深蓝，铁灰，或者干脆就是军绿。

二十多年跟任何人不联系。开头两年，写信。写信是好的。南下那笔娟秀的字如同她浅浅的梨涡。她总是写满两页纸。她无论多少岁都是那样年轻。她在上海买过一双鞋让人捎来。圆头，半高跟，鞋面是浅灰色的很奇怪。她好像能看见你身穿连衣裙脚穿浅灰皮鞋的样子。与那件她亲手做的裙子配得像姐妹。每天都穿着。南宁漫长的夏天，黄昏，星期天，民族广场，新华街，民主路，建政路，七星路，桃源路。老友面，炒米粉，酸笋，炒田螺。新华书店展览馆露天电影场艺术学院的红男绿女，人民公园后门的菜地有微臭的大粪味，棕榈树宽大坚硬的长树叶和木菠萝丑陋的牛肚果纷纷从身旁边掠过,而你骑在自行车上。

不如意。无方向。涣散。寡淡。学业无长进。更糟的是恋爱谈得一败涂地,弄得对自己也百般嫌弃。谁都不想见。而南下她忽然说要来南宁开会。说她来看你来了。你竟然躲回乡下老家,说是病了。连她都不见,她几乎是专门从上海来,本来她不要来开这样的会。完全不通情理。

她来了,又走了。仍然写信。温润而娟秀的手书,仍然是密密的,荡漾着。是人间不变的温暖。她还说,去南宁没见着你,你到上海来玩吧,我带你逛淮海路。上海有许多好看的皮鞋,并不贵。你那双,估计磨得差不多了。

没有去不知道为什么不去日月流转一年又一年。忽然收到一封信,信封是生的,上面的字亦从未见过。信从上海寄出。地址也并不是熟悉的"上海襄阳路某某号",难道出事了?拆开信见到一帧照片,天很蓝,红色的墙,浓绿的树,她笑着,面容明亮,阳光在跳荡。很短的头发,天然微卷。穿着裙子很有风度,手里搭着一件米白色的风衣。照片背后写着字,是美国某地某大学。有两页信,她特有的字形,密密荡漾,一行又一行。夏日的绿荫令人心安。

她说信是托她妹妹转寄的,她到美国有一段时间了,还没安定下来,请按照新的地址给她写信,多告诉她一些事情,她很想念老同学。她改了名,去掉了"下"字,叫林南,因为不愿跟不相干的人解释这个词。她已经四十多岁了为什么还要去美国真是奇怪。而且名字都改了。人世深不可测。她在那边过得怎样。照地址回了信,却长久没有信来。从此音讯断绝。

长江为何如此远　　117

今红再也没有收到南下的信。她跟班里同学也断了联系。咬紧牙关谋求发展。换了专业，跳槽若干次。从一个城市到另一个，从南方到北方，又从北方回到南方，最后居然又回到了武汉。辗转下来，面目全非，心肠亦不复原来的心肠。二十六年下来，全班五十多名同窗，不但早就没了联系，平日里连想都想不到。大学四年，也都一并忘得差不多了。

直到去了一次黄冈，今红才忽然怀疑自己是不是变成了混凝土，那样坚硬，针插不进。江水一样的日常生活，川流不息，泥沙俱下挡也挡不住。寸草不生。为了拔掉自己内心深处的自卑感、不安、别扭、戾气，把存贮在生命中的那些有水分的东西，那些不够漂亮的东西，那些既非灌木更非乔木，那些野草，连根拔起。生命变得光秃秃的，看上去光鲜，内里却是碎的。那些绿色的植物，它们在谁的手里呢？

黄冈赤壁，如同一块烧红的木炭丝丝冒烟，烟里冒出庐山、鄂州、工厂，工厂宿舍区的灰砖平房，空地上滴水的床单，肥皂泡，大木盆里的脏水。巨大的变压器，篮球场，门口贴着"庆祝国庆"的食堂，图书馆锁着的门，婴儿尿片，用脚蹬的摇篮，小陆，奔跑的男孩，落满灰尘的书架，《宇宙之谜》，韶华已逝的女人，苍白的脸，光线暗淡的房间，翻开一半的《红楼梦》。还有，林南下，她带着你，汽车火车江轮，她穿着细格子的衬衫。渡轮斜斜地穿过江面，江风浩荡。江鸥为什么不停地飞？

在黄冈，今红重新看到了整个大学时代，本来以为是一笔糊涂账，却忽然历历在目。嘴里有槐花的青涩味，眼前是月光下一层层的樱花。老斋舍、圆形的窗口和红旗、煤油的气味、走廊、小铝锅、面条、书桌上的面粉和螃蟹、大操场和小操场、电影、游泳、栏杆上晒的棉被、堆在食堂墙角的灯笼椒、小叶的翻毛皮鞋曾觉之的花生莲藕汤李迎风的洪山礼堂电影票，碎了一地的暖水壶内胆，闪着亮光在老斋舍的台阶上，而励宪笑着招呼：小今红，不要光站着不动好不好。今红你像木头人一样至今我还看见你像木头人一样，眼看着同学摔倒了还像木头人一样，而励宪就在你跟前。她忍住笑，教导你。她忍着笑说，你来帮帮忙好不好？你来安慰安慰同学好不好？

四年间的无理自私真是难以计数，时而懵懂，时而倚小卖小，混沌难开，无孔无窍。她们站在台阶下，她们一个个都站在台阶下隔着空气。仰着头侧着头你看见她们。

夜里一直下雨，到天亮，街上积了水，东一摊西一摊的。穿了深棕色的徒步鞋，军绿色的登山裤，深红色功能齐全的冲锋衣（防风防雨防寒加上自重很轻），总而言之，这副打扮不像这种年龄的妇女，倒像是赴南极的科考队员，或者，一名户外摄影师。今红想起有一年她在云南登高黎贡时遇见的一名女摄影家，漫天大雪，她一身大红的冲锋衣裤。神采奕奕，虽然据说有六十多岁了，但你绝对不能把她称为老太太。

想到马上就要五十岁，感叹时间正如闪电，不由得心里一惊。但比较班里的大龄同学，又觉得自己还算有活力，也还算年轻，不禁有点自得。哼着曲子，步履轻快，同时又立即意识到自得是一种低下的情感。她一边批判自己一边下楼。

从黄冈回来后她变得喜欢自我反省。

拖着一只九成新的小旅行箱到大街上打出租车。本来准备背一只背包，临了还是觉得箱子方便。可以装上应付更冷一点

（晚上、郊区、户外）和热起来（太阳一出，一晒一蒸，马上会又热又闷，只能穿单衣）的各色衣服。

打车不太顺利，下雨总是这样。耐心等了将近二十分钟。从汉口到武昌那边的大学，绝不能算近，的士单程价格在五十元左右，但对今红，一个毕业二十几年没跟同学联系的别扭的人，这点距离简直就是咫尺之遥。这么近，却从不找任何同窗。简直匪夷所思。

直到从黄冈回来，今红才主动联系了班里同学。同学说这么多年都没有你的消息，毕业二十周年大聚会，到处找你都找不到，这下你自己冒出来真是好。隔了几天，正好有一个男同学从青海来，大家趁机聚一次。洪山广场附近的一个酒楼，八九个人。到得早，在打拖拉机。今红看到了大伙，想要表现出兴奋，但她又拘谨又忸怩，不知说些什么好。隔膜得厉害。四年间把生人变成熟人，二十多年又把熟人变成半生半熟的人。青海的男生在业内很有成就，红光满面的，还带来了女儿，女儿已经大学毕业，要考母校母系的研究生。今红放松了自己，坐在一个活泼的女同学旁边。她想说说这女同学的发型和衣服，却不料，一开口就问起了林南下。

林南下的事，你怎么会不知道？

同学侧过脸问。今红听了，只感到胸口往里缩，喉咙也开始发紧。只听同学又问：你跟她不是一直有联系的吗？没见今红答话，同学便说：你真的不知道吗，南下不在了。

今红看着同学的嘴，似乎不太明白这个意思，只觉得光线暗了一成，她嚅着嘴唇呜噜呜噜的，也不知自己说了句什么。又感到有点头晕口渴。她打算给自己倒点果汁，端起了瓶子，却又忘了。听见同学小声地陆续说，好几年前的事了……美国，生了病……什么病不知道，可能是太累……才四十多岁……如果不去美国……网上……主页，悼诗悼文……以为你……谁都没想到，最先走的是她……好多年了，不在差不多十年了，九年。同学的声音很小，今红听到耳里，字字都像是震着的。

有人在饭桌的那头说话，嗡嗡地似乎提议干杯，一桌人纷纷站起，今红觉得自己也站了起来。但她立即又坐下了。她看到大家在说什么，但是声音奇怪地在很远的地方，一圈人的脸在灯下发着光，有的红有的白，他们关切地看着她，她不明白，想说句什么，嘴角咧了咧，没说出来。只是觉得，这望着她的一圈人愈来愈陌生。

不在世已经九年。今红坐在出租车里驶过长江二桥，她透过这斜拉桥的粗钢缆看到低远处的江水，浑浊、滞重、挟带着大量泥沙，从她的右侧流过桥底再流向左侧。

"为什么长江在那么远？"今红无端想起自己在黄冈赤壁问过的话。将近三十年前的声音，从雨中一阵阵灌过来，雨的气味缭绕着，南下的面容一时近一时远。而她不在已有九年。

出租车直接开进学校，老斋舍前的樱花果然稀疏了，一小簇一小簇的仍剩在枝头，也有三五人在照相。雨几乎停了。车子一直开到后山的半坡上，跟前就是学校的宾馆，原来叫招待所，现在叫山庄。

一进门就看见了两个同学，在大堂摆了两张桌子用来签到。大多数人前一天就到了，青海甘肃陕西，云南贵州湖南，北京广州深圳，正所谓全国各地五湖四海。大堂静悄悄的，房间里也似乎没有几丁人。怅怅地微笑，想着没有南下。签到，交钱，领了日程表和名录，也是用一个纸袋子装着，里面照样有塑料文件夹、纸笔等，跟任何别的会议一样正规。问了一串名字，那些叮叮当当的名字，又繁华又素净又伶俐又平实的，也都一个个地到了嘴边。心里渐渐满了，人也不那么别扭。

雨完全停了，今红放了东西也出来走走。据同学说，大伙都在校园里逛着呢，估计不是在图书馆那边就是在行政大楼跟前。绿色的琉璃瓦，布达拉宫，紫色的琉璃瓦，灰色的圆顶，理学院，生物标本楼，大操场小操场，高大的悬铃木，上坡下坡，上台阶下台阶，和二十多年前一样。也有几处生的，图书馆新楼和别的什么新楼，路愈扩到外围愈认不出，怎么也想不起来转到了什么地方。一直走到后山，从前没有路的地方现在不但有了路，而且是宽平好走的。

突然看到小路尽头的拐弯处有两树樱花，不但没有谢，反倒是异常的繁茂，粉色的花开得密密挨挨的，连同硬朗的树枝伸到小路中间。树下有人在照相。今红一边想着"晚樱""大山樱""关山"之类一知半解的樱花品种名，一边快步往前走。快到跟前时看见排成一排照相的几位女士，她突然站住了。

她们没有注意到她，正忙着轮换组合，双人的，三人的，有人脱了外套，有人帮着拿提包。是她们，没错，老了一点，但好像也没老多少，有的胖了一点，但好像也没胖多少。总之，时间不像是过去了二十六年，只是像才过了七八年或者三五年。她站着看，又往前蹭了一点，忽然她们停下来，望着她迟疑了几秒钟，然后，双方大叫着互相扑过去。云南的小苗甚至跳着噢噢噢地喊起来,还举着手用掌心拍了拍。小苗永远都是孩子,其余各人,从前拘谨的现在仍拘谨,活泼的自然也仍活泼,爱张罗事的也还爱张罗事。所以说,谁都没有变。

又开始一轮照相留念。三三两两组合。忽然有人发现,这六个人里有五个是在老斋舍的时候同一个宿舍,就是那间正对着图书馆的大屋子,墙上有一只圆形窗口的。而从前,这几个也似乎是这样地在樱花树下合了影呢,真是太巧了!一伙人吱吱喳喳着,小叶低着头,从她的提包里拿出了一张旧照片。黑白,三寸左右,照片洗得不太好,是男生在宿舍洗印的,他们收了一点工本费,特别便宜。

几个人头挤头看这照片,一时静默。

林南下,她微笑着站在这照片的中间,她们在她的两边站成了一排,头顶樱花正盛,阳光洒在身上。那时候每个人都是那么年轻,最大的南下也不过三十岁,今红只有十九岁,扎着两只羊角辫,站相又傻又骄傲。都穿着那时的一字领衣服,脸上盛开,真是像花一样。看了照片才能明白,时间不是才过去了三五年或者七八年,而是确凿的二十六年。人生的大半其实已经过去。而过去的时间在照片里,再也不能回来。林南下,那么美好的人,她也永不能再回来。

小风吹过,落了一片水滴。众人无语。小叶又从提包里拿出一幅照片,是彩色的南下单人照。她笑着,面容明亮,蓝天红墙绿树,阳光跳荡。很短的头发,天然微卷。穿着西服裙,手里搭着一件米白色的风衣。虽然不太年轻,却也仍然风华正茂。十几年前,今红也收到了这样的一张照片,搬了几次家,就不知放在哪里了。

长江为何如此远　123

有人提议按当年的队形再拍一幅照片。立即就站好了,南下的位置空着。小叶便把手里的照片举起来,正面朝向镜头。五个人,加上照片上的南下,一起站成了一排。头顶是樱花,南下在小小的照片里笑着,其余的人,肃穆着站得笔直。

就这样照了相。

中午在东湖边上的餐馆吃饭,竹子架起来的水榭,顶上有茅草,檐下挂着一只一只的红灯笼。大家都到了,坐了五桌。多年不见,互相认着握手,说笑喧腾,闹得像马蜂炸了窝。点了人数,有十余人未到。曾觉之在美国,已经是业内顶尖权威,常年在世界各地巡回讲座。在美国的还有顾彬彬等好几个,但老顾无论如何也联系不到了,当年她是公费留学,之后没回来。班上能折腾的有不少,李迎风成了律师,当年的"思想家"是一家上市的高科技集团的老总,入学时就懂六门外语的"博士"则编成了好几本辞典出版,在部队的老高,升了将军的军衔。有人成了书法家,有人任了纪委的要职。最凑巧的是宋姓男生,一毕业就去了德国,二十六年杳无音信,3·14闹"藏独",他忽然就在凤凰卫视上冒出来了,是访谈节目的嘉宾,身份为德国某大学政治学教授兼中国问题专家。大家觉得自豪,纷纷说,这家伙,想不到。班里最能折腾的是毕和平,毕业留校,又辞职去海南,复转战深圳,再回来,拥有一个集地产和旅游文化于一体的集团,底下有好几个公司,规模甚大,常常出现在本地的报纸电台上。只是被认为最有前途的王劲,病重没来,大家觉得极可惜,大学毕业没几年,他就在高校搞改革,上过《光明日报》头版头条。风头正健的人,不知怎么就病了。

日程安排得紧凑，汇报、恳谈，现任校系领导、当年的老师、在校学生代表，能来的都来了。都老了，也都不服老，说要好好锻炼身体，争取四十周年的时候再见面。热泪盈眶，老少都受了感动。去东湖磨山，湖面开阔，草青着，树上开着花，大家说起当年在此野炊。过了二三十年，人人长了人生的阅历，该闯的关，闯过来了，该吃的苦，都吃完了，孩子也都长大了，有的出国，有的读研，有一个，考上了博士不去读，却偏要当外国航空公司的空姐，长得又高又漂亮，大家赞叹着传看照片。总而言之，只要身体健康，好日子还有的是。

大家从容地在湖中间的堤道上走着，两边都是水，一边是划艇队的在训练，划桨一起一落，小艇在湖面的微波中滑行。另一边是游船，木的，船肚够宽，放了小茶几和椅子，两边的船檐也挂了红灯笼。闲闲的，看了这边望那边，踏青的大学生一伙一伙地穿插着越过这群中年人。

又去省博物馆，汉风建筑气势恢宏，镇馆之宝眼花缭乱。战国时期的越王勾践剑在玻璃罩里越过两千多年的光阴闪着菱形的光，曾侯乙墓的编钟听说是仿制的，好动的就拿了木槌当当敲响。又去了长江大桥，江滩雕塑，火车隆隆地从桥上开过，抬头望去，一缕白色的蒸汽从龟山窜着就到了蛇山。一众人坐着毕和平集团的大巴，一日之中过了长江大桥和二桥，又过了红色的汉阳桥。过汉阳是参观琴台大剧院，辽阔的面积，一组像琴台的大建筑，又抽象又具象，又气派又别致，莫非就是建筑中的未来主义？最绝的是隔着一片一两百米的泱泱大水，对面设计了露天观众席，夏天夜晚，天上繁星或圆月，水中亦然，人在水天之间，与星月成一体。大家惊叹，北京的同学纷纷说,这比国家大剧院和央视新楼更有创意呢,把一个古琴台的魂魄弄得出神入化。

所有的人都心情很好,只有今红不好,也不是不好,只是不兴奋。她闷闷地,身体发紧着,夹在一帮人里面,前后左右都搭不上话似的。也没有说话的兴致。她感到自己仍像当年那样别扭拘谨,这么多年过去了,在人群中的孤独感不但没有减弱,反倒莫名其妙地加强了。每到一处合影,她总是站在最旁边,瞪着眼闭着嘴,不管是叫"茄子"还是叫"田七",她都一概不出声。江滩的雕塑,是古代传说神如何镇河妖治水,毕和平起劲讲解,妙语迭出,大家挤着听他。今红避开人堆,自己从头到尾走了一遍就坐在了石凳上。江水浩大却听不见水声,今红心里沉沉的,一会儿想到林南下,一会儿又想到孔子的子在川上曰逝者如斯夫。心里一时是空的,一时又是沉的。

在去蔡甸的路上下起了雨,雾也起来了,先是一阵一阵的,渐渐就浓了,路边的水塘芦苇,大片的田野都已完全隐在雾中,窗外是泅泅的白色大雾,前方仅二三十米可见,车开了前灯。蔡甸有一个毕和平新开发的旅游项目叫"高山流水",毕是一个有大把想法的人,一套一套的说辞,能把死人说活。蔡甸的这片地叫钟家山,也就是传说中砍柴的钟子期听俞伯牙弹琴的地方。峨峨兮若泰山,洋洋兮若江河。毕和平在这里搞了高档酒店,又配套搞了茶园竹园水榭,亭台楼阁加上拱桥。他请大家来玩。

车开得慢,后面的轿车都跟丢了,又停下来等。且雾且雨的,天完全黑了,又冷又饿,十点多才总算到了。毕和平的人马一直等着,人一到,立即敲锣打鼓,在毛毛细雨中还起劲地舞起了狮子。停车的空地没有点灯。狮子在黑暗中扭动腾挪，踩着响亮的鼓点。从车上走下，腿麻着头昏着的人，一时全都振奋起来。

雨竟停了。露天的烧烤，炭火在夜雾中通红，有火光明灭，有烟。空气中有烤肉的香气。空地边上搭了几溜窄篷，篷下是连着的一溜案桌，上面摆满了各式洗净的蔬菜水果调料，烤好的肉和未烤的生肉，有的在盘子里，有的串在了铁钎上。而空地中间堆着几截碗口粗的枯木。烤炉的炭火毕毕剥剥响，火星乱飞。有风过来了，雾似乎在远处退去。吃了烤肉和蔬菜，又有鱼和虾，又有用豆子焖的米饭，还有热腾腾的汤呢。身上暖了，人也精神。看了表，已经十二点，篝火却刚刚开始点。

一个人把几根细小的干树枝架在中间，把几团揉皱的报纸塞进去，他先是趴着，然后是跪着。唰的一下划着了火柴，火光忽地照亮了他的脸。脸是棕红的特别厚凹凸不平似的，定是乡下的农人呢。火苗从纸团上四处窜开，被风赶到架着的树枝。然后，纸团熄灭了，风把黑色的灰烬吹起来，一片一片的。一根树枝上有一点小小的火苗跳了起来，又一点，又一点。火苗连起来，一根树枝烧着了！几根树枝都着了！火光照亮了农人的全身，他穿着一双解放鞋，在明亮的火光中能看见他鞋底沾着厚厚的烂泥巴。他手脚利索地、专注地把那几根大枯树干架起来，火焰仗着风势，毕毕剥剥地燃上去。

每个人的脸都照亮了。

空地上没有灯，在篝火跳荡的亮光中主持人说，现在请我们的小安唱一首歌。小安，班里最安静的女生，多年来她在遵义的一所专科学校工作,从未动过。她不慌不忙地站起,镇定地走到篝火下风处。听见她用细细的声音说:我来唱一首歌,献给林南下。一时都静了。她又说了句什么,大家没听清。主持的同学大声说,这支歌是我们小安自己作词作曲的,叫《对你说》。小安站得直直的,一动不动地唱,她微仰着头,脸上看不出表情。细细的歌声被风吹得一阵一阵的,在空旷中很快挥发掉了。火向上摆动,火焰连同黑色的烟红色的火星,向着下风的方向斜斜地扭着。

轮到朗读。当年和今红逃学去看星星画展的汉口女生,她念一首诗。这么多人中,变化最大的就是她。班里的才女,当年的倨傲已经消失不见,多年独身,听说到瑞士去了半年又回来了。是什么使她变得谦卑、内敛和沉潜?她有时写诗,从未听说过发表,也不拿到网上乱贴。她念的诗叫《彼岸的樱花》。

她的声音也在风中远去了。

有人提议不如大家唱一首歌,说了几个歌名,最后确定唱《冰山上的来客》中的《怀念战友》。一个男生以经过训练的美声开了头:天山脚下是我可爱的家乡,当我离开它的时候,好像那哈密瓜断了瓜秧……今红也细声跟着唱了起来,当我永别了战友的时候,好像那雪崩飞滚万丈,啊,亲爱的战友,我再不能看见……泪水突然涌上她的眼眶,并且顺着右边的脸流到了嘴里。她摸到了口袋里的纸巾,但她没有拿出来。她用食指按着脸上的泪痕,一边深呼吸。但眼泪还是没有止住。她不知道自己为什么会哭,仿佛是为了什么,但又好像什么都不为。眼泪滴到她的膝盖上,她感到绷紧的身体松开了,重浊的胸腔也变得清新起来。

木头快燃尽了,火势弱下来。几截炭木通红,还保留着原来木头的形状。浓雾已经完全散尽,露出了澄澈的天空。星星也出来了,这么多的星星难得看到,有的微红,有的金黄,有的则闪着白光,一直到树梢和远处的坡顶,简直漫天都是。今红觉得,这深夜的天空并不是完全漆黑的,而是有一点点蓝,非常非常深的蓝,深得深不可测、深得无限的蓝。在弱下去的火焰中,今红感到自己看见了重重叠叠的樱花花瓣纷纷扬扬,向着高远的星空飞旋,越飞越高,变得透明。这一景象是如此不可思议,以致今红的眼里再次充满了泪水。

> 2009年2月14日手写完成
> 4月21日抄于东四十条
> 发表于《收获》杂志2010年第2期

有关《回廊之椅》的忆述

林 白

1992年冬天,我随当时的单位——《中国文化报》社副刊部到云南西双版纳举行活动。回来的时候,同事们乘飞机从景洪返回昆明,我则坚持坐汽车。这样我就路过了《回廊之椅》中所写的水磨,真实的地名叫什么我现在已经忘记了。当时又冷又下雨,我们在"水磨"的一家路边店吃了一顿饭,菜的味道很好,有腊肉和四棱豆。饭后昆明记者站的站长杨群女士提议去看看附近的一个大宅子,她说这个宅子是一位开明绅士的,他早年信仰马克思,在廊柱上写了"人人有饭吃,个个有衣穿",后来跟共产党也关系不错,但土改的时候被镇压了,就在河滩上枪毙的。他的姨太太来收尸,用了两床丝绵被把他裹住。宅子当时是盐矿办公室,我们几个人进去转了一圈,杨群陪我从一楼走到三楼,指点我看楼梯的暗道,说当年曾经藏了枪支。我们在宅子里停留的时间只有几分钟,但我对此印象深刻,当年冬天就写了《回廊之椅》,除了丝绵被和廊柱上的字和藏枪的地方,其他都是虚构的。

论 林 白

李 静

创造具有十分强烈的个性特征,但同时它又是对个性的遗忘。创造总是以牺牲为前提。创造总是自我克服,超越自己的个性存在的封闭界限。创造者常常忘记拯救,他所想的是超人的价值。创造完全不是自私的。出于自私的心理无法创造任何东西,不能专注灵感,不能想象出最好的世界。

——尼古拉·别尔嘉耶夫

1. 童性

在孩子的眼中,"人"的地位和宇宙间的其他事物并无分别。支配它们的,乃是同一种她竭力理解,但无法理解的力量。人间事还不能成为她注意的焦点。相反,那种琐碎日常的面目让她厌烦，远不如大自然里的风雨草虫更神奇有趣。能够进入她的视野的，只有那些最不同寻常、匪夷所思的人和事，而它们也只是她的"大自然"的一部分而已。"天地不仁，以万物为刍狗"，其实小孩也是如此。因为小孩和天地自然是同质的——她的世界是一个万物相连、浑然不分彼此的世界，一个没有感情、利害、善恶，只有好奇、精灵和梦想的世界，一个生命郁勃、永不终结的游戏世界。在这个世界里，生命本身得到了放任、肯定和解放。如果让她来叙述它的话，她一定急着把眼里最重要的事情告诉你，而她所取的"重要原则"和成年人全然不同——那些在后者看来至关重要的事情，被她视而不见；后者感到无关紧要的细节，在她那里却是顶顶要紧的，关乎她整个世界的意义。她的表情专注、痴迷而懵懂，讲述的语调时缓时急，叙说的顺序东鳞西爪，你听得似懂非懂，却不能不从她描述的意象、气味和声音中，隐隐看到发生在社会—历史空间中的成年人的悲剧。但是，此悲剧却被平静地包裹在这孩子杂草丛生、万物相连的宇宙里，参与着它生生不息的循环。社会—历史悲剧不是这个宇宙的终点。

不错，我说的是林白早期的一些作品。以上印象，得自她那些发表于1980年代末、1990年代初的中短篇小说《裸窗》（1989年，后更名为《北流往事》）、《晚安，舅舅》（1991年）、《大声哭泣》（1990年）、《日午》（1991年）、《船外》（1991年）和一本名叫《青苔》的朴素的书（写于1990年至1992年，前面所列篇目中的一部分也被收进此书里）。在这些作品中，叙述者"我"遥望她童年的故乡——那个名叫北流的广西边城，城里的沙街，街上那些角色边缘、命运坎坷、行状怪诞、死因不明的男女。它们是林白写作之初最迫切的谜团和最煎熬的痛苦,她自我底色的一部分,一直呼唤着她的超度。但她直到成年也无力做到——既无能解谜,也无法遗忘,她只有"记下"。徘徊在懵懂孩童和成熟女子之间的叙述视角,赋予她的追记遥望以"宇宙自然"和"社会—历史"的双重维度。后者隐蔽在前者之下。孩子般非理性、非社会化的感知和逻辑方式,使钙化的历史罪孽变得混沌磅礴,充满令人不安的印象主义色彩。

因此,从写作伊始,林白的世界即向外开敞,散发着难以归化的童性气息。它是万物杂处、阳光照耀、雨量滂沛、风雷交作的旷野,而非纯一、幽闭、神秘、自恋的房间。这旷野亦有其神秘之处,但它拒绝被传奇式地讲述,只期待被本真地呈现。

2. 非正统的诗性想象力

在这片旷野中,闪烁着某种空气和水一样难以捕捉的东西,恰恰是它,赋予林白的作品以一种召唤性的结构,一种开启灵性的能量。这种东西是什么?它该如何被认知和描述?思虑再三,我暂且将它命名为"非正统的诗性想象力"。概念的麻烦出现了。既有"非正统",那么何谓"正统"?我不准备掉进概念的陷阱,只愿诉诸当代人某种心领神会的经验,即那种建构和巩固国家、阶级、族群、性别、家庭、身份等一切现存功利秩序的组织制度、社会习俗、精神文化及其价值观。"正统"不是一种固态的存在,而是一个随时代社会的变迁而自我调整以求稳定的大秩序。由此观之，则"非正统"即是与这种功利、稳定的价值系统意趣疏离的精神存在，它的气质是阴性的，态度是弹性的，它与正统秩序的精神统治保持距离，但也未叛逆到"反正统"的程度。而"反正统"的价值指向是明晰的，其对正统秩序的叛逆是公开和彻底的，其气质是阳性的，态度是刚性的。"正统""非正统"与"反正统"的价值观进入文学领域最重要的表现，便是作用于想象力——因为作家在作品中构造的世界，即是他/她对此在世界之态度和愿望的显形。

文学艺术作品并非天然秉有"反正统"和"非正统"的性格，它依文学艺术家的天性、经历、处境、审美趣味、道德信仰等状况而定。那种或多或少意在辅助功利秩序、"有益世道人心"的文艺，才是从古至今、从东到西的主流，且永远受到正统社会的大力提倡。反正统和非正统的诗学则是个体生命与正统社会和正统文艺相对峙或相游离的产物，它是反对功利秩序对个体生命之压抑的诗学，拒绝"死之说教"（尼采语）的诗学，张扬个体生命之完整和自由的诗学。

反正统的诗学想象力在当代中国作家那里往往呈现为狂欢、反讽和思辨的类型，如王小波、莫言、过士行等作家作品所显示的；而非正统的诗学想象力在有的作家那里，则体现为远离正统秩序的酒神式的狂欢、抒情与诗性的编织，林白的想象力类型即属此种。

3. 强力意志与自我保存

反正统和非正统诗学的发生，与其说是出于特定作家的政治和道德本能，不如说是出自其艺术的"强力意志"——这是艺术作为社会压抑力量之反叛者的形而上起源，当然，不排除这起源可能最终将作家引向某种政治和道德的选择。正如尼采和海德格尔曾经道破的："强力意志"的本质是创造，是"有意识地遭受存在之进攻"，是故意对抗大于己身之物以求生命能量的提升和转变，是反对生命的自我保存和固守——因为简单固守便意味着衰竭。所以，创造的本质必然包含着对一切压抑生命的朽败能量的摧毁和否定，包含着在正统秩序看来某种行为和意识的不端与挑衅，包含着强劲的"不之性质"（海德格尔语）。

在文学创造中，这种"不之性质"体现在作家对其置身的社会、历史、文化和精神生活的审视、想象与再造。在这一视域中阅读林白的作品，我能感到她的艺术的"强力意志"与她个人的"自我保存"倾向之间潜在的斗争。每当前者高扬奋发之时，她的作品便饱满酣醉；每当后者占据上风之时，她的作品便流于浅表。从中我们能够看到一位中国自然诗人创造之路的升腾与下降。

4. 诗小说

说林白是"中国自然诗人"，并非意指她的作品与"源远流长的中国自然诗歌传统"之间存有某种传承和对应的严谨关系。相反，她的写作是无视知识的。此处的"自然"，系指她所虔诚师从的，乃是天性而非经典——自我的天性，万物的天性。她从它们的密码中汲取灵性的源泉、书写的素材乃至作品的形式，不为意义世界的规范和文学史的督促，去驯化自己的写作。"生命"被她置放在凝视与想象的中心位置，而近乎她的宗教。它的每一细节、呼吸、感念、悸动，每一饱满而痛楚的瞬间，无不受到她热狂的礼赞。她的作品是血液之歌、生命的欢乐颂，有时，是酒神的附体。在初民式的郑重和喜悦里，她呼喊生命过往中的每一颗微粒——在语言的魔法中，它们旋转而微醺，意欲化作一颗颗独一无二的巨大星辰。

由此，林白以小说实现诗的功能。或者毋宁说，林白的小说即是漫漶的诗篇。它们的力的运动不是纵深、曲折和节制的，而是平面、飞散且铺张的。它们的进行不似通常小说那样，带给读者客观的过程、世故的发现、纤毫毕现的事实，以及最终的谜底。相反，林白的小说毫无事件性的悬念，其开始便是历程的终结，"为存在命名"是其叙事的唯一动力。它们的展开完全依赖叙述人回忆的声调与节奏，情愫的流转与爆发，意象的联想与跳跃，痛感的震颤与平息……叙述人"我"的"内在体验"是作品永恒的主角，客体性的人、事、物，在"我"的凝望感怀中转换为无数"我—你"关系的相逢与对话，一切外物皆被染上"我"之色彩。言说主体的绝对在场，心灵图景的白热化、音乐化、气体化，乃是诗的本质，也是林白小说的本质。

关于诗，有许多有趣的说法。诗人哲学家乔治·桑塔亚纳指出，诗与宗教同一，当诗歌干预生活时即为宗教，而当宗教仅自生活滋生出时便是诗歌。加斯东·巴什拉则以为，诗是"安尼玛"（拉丁文Anima音译，阴性词，即心灵）的结晶，是梦幻的显形，而梦幻使人产生对宇宙的信心。女作家格特鲁德·斯坦因则说：诗歌是名词，散文是动词——当然，这里的散文包括小说。苏珊·桑塔格对此句进而发挥道：诗的特殊天赋是命名，散文则显示运动、过程、时间——过去，现在和未来……

但是，在梦幻显形的宁静核心，常隐藏着酷烈的醉意，它是让生命破碎、汹涌和重聚的能量，经历过此种能量轮回的诗篇，才是蕴含生命之强力的。在林白的诗性小说中，一些作品或作品的局部即隐含着这种力。

概括起来，林白小说大致涉及三种内容：一、故乡往事，一些作品由此引申出对"文革"时代的独特观照，如中篇小说《北流往事》《回廊之椅》，系列小说集《青苔》，长篇小说《致一九七五》等；二、"自我"的成长，由此扩展为一种共通的女性身心经验与创伤的探讨，这是被评论界阐释最多且给她带来巨大声誉的部分，如中篇小说《我要你为人所知》《子弹穿过苹果》《瓶中之水》《致命的飞翔》，长篇小说《一个人的战争》《守望空心岁月》《说吧，房间》《玻璃虫》等；三、社会底层的生存与灵魂境遇，如短篇小说《去往银角》《红艳见闻录》《狐狸十三段》，长篇小说《万物花开》《妇女闲聊录》等。在这些小说中，林白创造了一种感官化的主观叙事。

5. 感官化的主观叙事

以"自我"和"爱欲"为主题的主观叙事,是法国女作家玛格丽特·杜拉斯的拿手戏。而叙事的感官化,中国当代作家莫言则是一个极端的例子。在这两个方面,林白与他们有表面的相似之处——她和杜拉斯一样,用多部作品解释自我,喜以"我"的视点为圆心进行叙述,喜欢碎片地结构作品,拒绝明晰而坚固的故事形态和思维形态;她和莫言一样,一切叙说皆诉诸视觉、嗅觉、味觉、听觉、触觉……且这种感官叙述是夸张变形的,是以意识范畴之外的经验来反射作家的"意识"本身。

不同之处在于:杜拉斯的自我探究乃是纵深向内的,一直掘进到主人公的无意识区域;她的目标是以文字还原深层欲望的骚动结构,恢复"爱欲"的真实面目;那些触及文化、社会、政治、历史层面的内容,被有意稀释到最低浓度,而作为若干音色被织入作品的"无意识交响曲"里;其作品的形式本质是音乐,是震颤而快意的"醉"。林白的自我探究则是飞翔而向外的,她的语言激流是为了逃离重力世界的刻板包围,为了赋予她的记忆和想象以饱满的视像与灵觉,简言之,为了给生命的存在造像;她拒绝把"个体"作为文化、社会、政治、历史等整体秩序的附件来叙述,也无意让"个体"与宏大的整体秩序相隔离,而是以"宇宙万物一体"的浑然态度,让整体秩序的碎片进入个体存在的光谱中,将其作为个体主人公生命痛楚的来源和美学形象的衬景来处理,"整体"的碎片与"个体"的遭际相互映射,互为焦点;其作品的形式本质是绘画,是醉意漩涡旁波动而宁静的梦幻。

林白的感官叙事与莫言的不同在于:莫言的感官渲染出自审丑的美学,它以唤起读者的震骇、厌恶和尖锐的不适感,来释放作家对历史之恶的恶意,其狂欢、怪诞和夸张的修辞乃是其社会——历史批判的子弹。林白的感官叙事则出自审美的诗性,它以既源于又大于真实之物的强度和美感,来呈现其意象、气味、声音和触觉;以唤起读者的沉醉、开启和飞腾之感,来释放她对宇宙和存在的颂赞;其狂欢、唯美和夸张的修辞乃是其反历史化的诗学想象的果实。她的自然的、感官的诉说最后汇聚于心灵的入口,而非如一些晚生代作家那样,仅仅将身体曲解为一个"单纯的自然物体"。"我们身体性地存在。这样一种存在的本质包含着作为自我感受的感情。……感情是我们存在的一种基本方式,凭借这种方式而且依照这种方式,我们总是已经脱离我们自己,进入这样那样的与我们相关涉或者不与我们相关涉的存在者整体之中了。"(海德格尔:《尼采》,商务印书馆2003年,第108—109页)

这也是林白作品的有趣之处:在她极其"个人化"的书写中,我们却经常窥见"存在者整体"。

6. 肉体的真理

一个典型疑问是:何以写出极端"自我"的《一个人的战争》的林白,还能写出与她完全"无关"的《万物花开》和《妇女闲聊录》?当人们祝贺这位"幽闭的女作家"终于脱胎换骨道德高尚告别了"自我的牢笼"走到广阔天地去大有作为的时候，该女作家又返回到"自我"之中，端出一部长篇散文体小说《致一九七五》来，何故？

其实，在她第一部真正成熟的作品《北流往事》中，我们即可看到，她的"魂灵上是有这么多的"（借自鲁迅：《铸剑》）。也许，这魂灵在后来还减少了一些负累。我不敢说这是一件好事。《北流往事》看得出《阿Q正传》式的启蒙态度及其文体影响，甚至可以说，这是林白所有作品中最具精神超越性的一部，尽管它的形式是混沌而感官化的；小说的结构也完整有力，显现出作家的得胜的意志，而尚未出现后来随顺自然的碎片化倾向。《北流往事》之后，这种精神的强光并未得到作家的自觉淬炼和文坛的热忱鼓励——叙述的身体性被保持下来，而那种对整体世界俯瞰和不满的尖锐态度，则被后来的"局部性专注"所代替。

现在读来，《北流往事》依然保持着形式和内涵的强大生机。它以一个名叫瓦片的北流男孩在"文革"期间某个下午的所见所感和意识流动为结构线索，织进了若干色彩斑驳的人物：蔷薇的父亲，下放到沙街农业局的城市知识分子，某日突然自杀；蔷薇，美丽的小女孩，瓦片的暗恋对象；郑婆，瓦片的外婆，祖传秘方的迷信者和制造者，沙街的主流居民；老青，郑婆的邻居，当年的名妓，现在是被主流居民歧视嘲讽的对象，暗恋蔷薇之父；王建设，六指儿，沙街上的"诗人"，革命形势的跟风者和沙街的"革命先驱"；渔家女，曾与王建设偷情而被瓦片看见，将瓦片推到水里使其变哑；沙街上闻风而动的各色男女……除此之外，还有一个奇异的象征形象——

躺在芭蕉树干里、从背带河上游漂来的美丽男婴的尸体。在男婴尸体出现之前，则写到了郑婆看见背带河上游飞来大片大片黑压压的虫子。"这是沙街一次划时代的事件，多年以后，当人们提起蔷薇父亲自杀、上游漂下一个婴儿的尸体以及刮了一场龙卷风等不幸的大事都是发生在这一年，人们说起这一年的时候，总是说发虫的那一年。"

小说行笔至此，已从逻辑怪诞的日常生活场景自然转向超现实的象征情境——在作品的结构中央（第7节，全篇共13节），安排了小城居民焚烧婴儿尸体的一幕：一颗橘红大星悬于夜空，人们在背带河滩边搭起高高的木架，砍倒桉加利树，铺上树叶，婴儿尸体被置放其上。人们点燃火柴，扔在婴儿的肚脐上，"一股异香从桉加利树叶的气味和烤猪蹄的焦香中脱颖而出，像雾一样弥漫沙街"。不同的人对异香的反应是不同的，小说的这一叙述被赋予了深长的隐喻意味：河滩上的焚婴者闻不到香味；沙街上闻到异香的熟睡的人们说不出这是什么气味——或说是玫瑰花瓣香，或说是发饼发酵的气味，"玫瑰和发饼实在相差太远，毫无共同之处，于是互相都有点不以为然"。之后的身体叙述，隐喻了人们发乎天良的怜惜之情和麻木自保的逃避心态："这天夜里凡是闻到异香的人都不同程度地感到了心口疼，像蚂蚁在咬，大多数人只疼了一夜就好了，少数人则疼了三五天。疼痛很轻微，而且是间歇性的，因此并不碍事，大家该干什么还干什么。""只有老青心口疼得最厉害，时间也最长。"叙述人对这位饱受奚落的前名妓持隐晦的赞赏态度，以诙谐的笔调赋予她最敏感的神经和最准确的品味。（在林白的其他作品中，也能看到她对妓女、姨太太、女流氓等"不端女性"的友好叙述,执着于她们的体貌气度之美,这是她的"非正统的诗性想象力"使然。)

在这具完全没有抗争能力的美丽婴尸面前,人们还是对自己的暴行本能地感到了不安:"烧火焚尸的人们同时听到了一声骨头断裂的声音,明亮尖厉,让人觉得身上忽地一灼,马上又凉了下来,全身起满鸡皮疙瘩。于是觉得事情似乎应该结束了,沙滩上的沙都湿漉漉的了,大家纷纷走散,剩下没有烧尽的树杈零零星星地亮着。"但良心的不安很快被遗忘和掩盖所代替:"第二天天还没亮郑婆就到河滩去,看到河滩上干净平整,连那根硕大的芭蕉树独木舟也看不到了。"

这个美丽的婴尸出现得突兀,消失得缓慢,是这部含混的小说的意义核心,象征着历史浩劫中高贵、洁净、美丽、天真的人性之死。人们狂热的焚尸场景,以及不同人等对尸体异香的不同态度,则隐喻了浩劫的参与者、帮凶者和旁观者混沌蒙昧的精神面貌。实际上,林白在用诗歌的方法构造她的小说——一切形象既是象征意象,又是日常实体,皆遵循隐喻的逻辑自主运行,完全不顾忌"客观生活"对小说家的逻辑规范。在小说的其余部分,叙述者从孩子瓦片的视角,把沙街正统居民的日常生活描述得神经兮兮、歪歪扭扭、鬼鬼祟祟、难以理喻——在王建设们鹦鹉学舌式的革命口号声中,始终飘荡着郑婆的蚯蚓内脏和隔夜茶水的气味;自杀焚尸的惨剧,在俚俗而叵测的氛围中波澜不惊地进行,并被无聊和健忘所吞没……此种人物塑造和氛围烘托,乃是对人的下降、盲从和无灵魂状态的肉身化隐喻。正是这种"人的无灵魂"状态,成为《北流往事》的叙述焦点,也是作家林白对"文革"悲剧和

"国民性"的尝试性解释。

美丽婴尸的被焚,可以在《青苔》里的短篇小说《若玉老师》那里找到"本事"。小学音乐老师邵若玉,时常成为女孩"我"好奇仰慕的窥视对象——因为她美。但也正因为她洁净如婴、不同流俗的美和坦荡自然的恋爱,她成为1966年北流街头的革命群众批斗的"破鞋"。这对"我"是毁灭性的打击:"我无依无靠地站在街上,孤独得要命,邵老师已经变成了一只'破鞋',我觉得我无处可去。"这只美丽脆弱的"破鞋"听到肮脏的人群在喊"脱她的衣服",而向往着死:"死亡就像一张巨大柔软、洁净舒适的漂亮床单,在她面前舞蹈着,这张死亡的床单一边舞蹈着一边散发出香气,这香气奋力穿越又黏又厚的汗臭悄悄地进入了她的鼻孔、她的心脏……她看到人群对她的即将得救一无所知……她不为人所觉察地天真地笑了一下。"在满月的晚上,天真的若玉老师投水自尽,尸骨无存,只有一只白色的塑料凉鞋留在沙滩上,"显得孤独、突兀、不安"。

《青苔》一书共十一章,以"文革"自杀者为主人公的短篇小说占了四章。其余的三章中,《日午》写了美丽的女舞蹈演员姚琼在风言风语的舆论中莫名所以的自尽,《花与影》则是关于女同学冼小英的精神恋情被同学告发、被老师"帮教"后死于"生产事故"的故事,《防疫站》则讲述了一个孩子眼中的"科学狂人"几近疯癫的实验及其孤独畸零的死。这些故事中,主人公并不处于绝对的焦点;作家以"散点叙事"的方式伸出无数触角,杂沓无章地穿插着主人公怪诞飘忽的形象、"我"的懵懂切肤的体验以及故乡人散发出的幽暗混沌的物质性氛围，主人公最后的死因往往是一个无法明言的黑洞。如欲穿越这黑洞，阅读者必须带上自己的理解：这些自杀者实是死于律令式的物质性存在对微弱的精神性存在的敌意，死于以"革命的多数"面目出现的集体习俗对独异个体的窒息。而此一主题，却是通过作家的感官化书写透露的——所有人物都被抽掉了"必需"的深度意识活动，而单纯呈现为视觉、触觉、味觉、嗅觉、听觉和幻觉的形象。这些带有大地的病态狂欢气息的肉体化形象，使主人公的毁灭在闪现刹那的悲剧性之后，立刻消融在生生不息的宇宙自然之中，参与到顽强无情的生命循环里。这种灰调的感官叙事避免了米兰·昆德拉所一再嘲讽的"刻奇"之可能，而偏执地彰显着生命真理的肉身一面。

7. 私我

一个悖论出现了：当林白以感官化的主观叙事来讲述"他人"和"世界"，"我"只是这世界的一部分和见证者时，这叙事方法因其揭示出生命真理的肉身一面而熠熠生辉；但是，当它的聚光灯对准作家的想象性自我，当这个"自我"既是叙述者又是叙述的终极时，那种华美诗性之下"私我"的有限性，却令人遗憾地暴露出来。有趣的是，恰恰是后种作品为她在中国文坛赢得了巨大的声誉——随着长篇小说《一个人的战争》等作品的发表，她被视为"开身体写作之先河"的"中国女性主义代表作家""女性经验最重要的书写者"，而成为文坛重镇。但我不认为此类作品是林白对其前期写作的超越。相反，在她的"私人化写作"风格确立和成熟之际，却经历了精神视境的下降与窄化。

"私人化写作"的说法源自日本的"私小说",这种文学样式在日本鼎盛于1912—1926年。日本作家石川啄木在《时代窒息之现状》中分析了它的社会成因:大正年间的日本军国主义政权对外侵略扩张,对内压制民主,人民几无言论自由。特别是1910年"大逆事件"和自由民权运动失败之后,一些有正义感的作家陷入彷徨、迷惘之中——他们无法批判和暴露现实社会之弊,只能把视线从广阔的社会空间拉回到个人狭窄的生活圈子里,甚至潜到个人的内心世界深处,创作出一批描写暗淡无光的现实和小人物之不幸与苦闷的作品。(据宫琳:《浅析日本私小说的成因及其特点》,《时代文学》2008年第2期)

1990年代盛行于中国文坛的以女性身心经验为题材的"私人化写作""身体写作",以琐屑凡庸的日常生活为题材的"新写实""新状态""新都市"等叙事潮流,其社会—历史成因与日本的私小说有极大的相似,文学权力机制渗透性地决定着一个时代的文学气候。因此,这一时期的中国文学主潮决然斩断了其与社会—历史—精神的真实对话,或专门探讨封闭状态下的"孤独个人"百无聊赖的"私性"存在,或以"伪对话"方式造作出符合国家意志的集体叙事,"纯文学"由此而成为"精神无害"的代名词。

针对后一种创作潮流,林白如此阐释她的写作:"个人化写作建立在个人体验与个人记忆的基础上,通过个人化的写作,将包括被集体叙事视为禁忌的个人性经历从受到压抑的记忆中释放出来,我看到它们来回飞翔,它们的身影在民族、国家、政治的集体话语中显得边缘而陌生，正是这种陌生确立了它的独特性。作为一名女性写作者，在主流叙事的覆盖下还有男性叙事的覆盖（这二者有时候是重叠的），这二重的覆盖轻易就能淹没个人。我所竭力对抗的，就是这种覆盖和淹没。"（《记忆与个人化写作》）这段话表明，林白更愿意将自己的写作姿态定义为抗争而非隐逸，更强调"个人化写作"而非"私人化写作"。

"个人"与"私人"有何区别？正如法国社会理论家戈德曼所言："我曾稍稍改动过一下帕斯卡的话：'个人必须超越到个人之上'，意思是：人只有在把自己想象或感觉成为一个不断发展的整体中的一部分，并把自己置于一个历史的或超个人的高度时，他才能成为真正的人。"由此可见，"个人"是一种向无限世界开放和给予的存在。"私人"则相反，他/她绝不超越于个人之上，他/她缩在自身生存的内部，以私我的情感、原欲和利害为其全部世界，社会、历史和精神性被封闭在个体生存之外。因此，"个人化写作"和"私人化写作"也是不同的：前者将个体自我的强力意志投入到对整体性世界的精神观照之中，寻求精神表达和艺术形式的全面突破；后者遵循"私我中心"的原则，寻求与"私我呈现"相称的个性化形式，热衷于有限生命的自我保存和固守。

在林白书写"女性经验"的作品中，中篇小说《我要你为人所知》（1990年）、《子弹穿过苹果》（1990年）、《回廊之椅》（1993年）和长篇小说《守望空心岁月》（1995年）的局部，继续秉持着早期"个人化写作"的超越精神。虽从女性视角出发，但更注重将私我经验压缩、变形、转喻和升华，在创造性的形式里，探讨性别矛盾、性与政治以及个人与时代精神气候的关系等普遍性主题。其中，《我要你为人所知》真正是一首痛彻肺腑的母性的哀歌。此处"你"是叙述人"我"的不复存在的胎儿。一个未能成为母亲的女人在实现她绝望的权利，无告的救赎。在这篇双声部结构的小说中，作家意味深长地赋予胎儿以女性的身份，唯有如此，她才能向她倾诉，她才听得懂她。这是"我"经历了来自男性的彻骨伤害后做出的选择。于是，"我"向"你"讲述了自己的母系家族——旧时代的新女性、会撑船会接生热心助人的外婆，很少在家、永远在乡间奔波接生的医生母亲，自幼孤独长大、焚身于爱情却不被恋人允许生下孩子的"我"。这是一个男性缺席、自私或逃责的残缺世界，但诗性的叙述创造了一个梦想的结构，它把男人和女人"从要求权利的世界中解放出来"（巴什拉语），从现世人生的是非争执中解脱出来，生命的创痛被置于来自尘世而超越尘世的诗性观照之下，心灵的灼热与开敞令人动容。

随着中篇小说《瓶中之水》（1993年）、《飘散》（1993年）、《致命的飞翔》（1995年），长篇小说《一个人的战争》（1994年）、《说吧，房间》（1997年）、《玻璃虫》（2000年）的陆续发表，林白对"私我经验"的使用不再节制，一种自觉的女性意识主导下的"私人化写作"色彩愈益浓厚。作品更加松弛、随意、"好看"，不再孜孜于对经验材料的提炼、转喻和升华，而止于表层的嫁接、变形和挪用；也不追求将经验转换为"超我"的意义结构、做出形式的剪裁与整合，而是模仿生活本身的碎片结构，止于去叙述过程性的私我经验本身。可以说，彼时的林白在向文坛绽放她独异的才华之时，却未能独异于彼时文坛流行的价值论上的相对主义——不存在超乎自我之上的意义源泉，每个人都是"造物主"，人的任何经验都具有同等的叙述价值；世界的形象是破碎的，写作唯一的目的即是对此破碎形象的模仿。诚然，林白与此种价值虚无论有所不同——她膜拜美，有独特的美学观念，审美价值是她判断自身和世界的唯一尺度。她的"私我叙事"致力于将"我"的生命岁月呈现为具有美学理由的存在——基于这一信念，她才能真实而风格化地诉说"我"贫困的童年、早萌的性欲、混沌的青春、失败的恋情、粗粝的品味、边民的色彩……但这种"美"的意识还仅仅是现象性的，局限于生存的个别方面，尚未抵达形而上学的范畴。

　　文学不是哲学，文学所表现的就是现象世界和生存的个别方面，为什么还需要它的"美"抵达"形而上学"的范畴？这是因为，文学乃是借助现象来隐喻本体、借助有限去抵达无限的创造行为，如果作家不能意识到形而上的世界图景，如果她所创造的"个别的美"不能从存在的最高质、从生存的最高成就中汲取源泉，那么她的美便是飘散的、暂时性的，不能激动人的深层体验。"关于美可以说，它是斗争的间歇，仿佛是参与神的世界。但美是在黑暗的和被剧烈斗争所笼罩的世界里获得揭示和创造的。在人们的心灵里，美可能被吸引到对立原则的冲突之中。"（别尔嘉耶夫：《神与人的生存辩证法》，上海人民出版社2007年，第397页）林白曾经说过，她的美学是"强劲"，这与别氏所揭示的"对立原则"多么接近。然而遗憾的是，彼时她对强劲之美的领悟，尚是一种造型意义上的理解，一种偶像崇拜式的狂喜，一种美学风格的表象，那时候，她不愿想到：唯有让自我破碎、消融、参与到真实剧烈的精神斗争之中，才能创造这种强劲。因她太敏感柔弱而习于自我保护，且太珍惜己身之"有"。关于"有"的叙述，若没有浩瀚的精神宇宙作衬景，会愈发显出"有"的单薄与有限。因此，在我看来，对私我经验的无距离叙述，实际上降低了林白叙事的精神水平面。

8. 内外

把林白的短篇小说《长久以来记忆中的一个人》（1994年）、《大声哭泣》（1990年），与长篇小说《妇女闲聊录》（2005年）对读，是一种有趣的体验——内倾与外倾、主观与客观，在同一位作家身上的反差会如此之大。前者直入心灵最深处的黑暗，不安、凛冽和孤绝，并将之幻化为神秘可畏的精灵，它成为自我本真的一个镜像，混合着羞耻、弃绝和自我肯定的意志。后者则客观到了完全放弃作者身份的地步，呈现了一个辽阔驳杂的"外面的世界"。长篇小说《万物花开》和短篇小说《去往银角》《红艳见闻录》《狐狸十三段》则处于两者之间——叙事方式依然是第一人称的主观狂想，但那主人公已全然不是和作家本人几无距离的"我"，而是完完全全的底层人物——脑子里长了五个瘤子的十四岁乡村少年，下岗女工，妓女，京漂。

《妇女闲聊录》是林白"由内向外"的极端之作，是一个作家的良知对现实的惊愕。此时，"作者"消失，化为无形，任由敏于痛苦和好奇的心灵触角，去触摸、发问、记录、取舍、加工和组合。正是这些决定了作品的内容和面貌。林白自称这是一次"纸上的装置艺术",虽然与它的内在严肃性相比,这命名听起来轻飘飘的,但就其形式的本质而言,确是如此——正如蔡国强的《草船借箭》借用古船残料和巨大箭镞的组合,来隐喻开放的中国与西方力量之间的微妙关系一般,林白以一个湖北农妇对故乡生活巨细靡遗的陈述的断片组接,向我们转喻了一个疯狂溃乱的乡土中国。其间的意义,如果仅就"文学""艺术""手法""故事"来讨论的话,未免失之冷血。我不倾向于把《妇女闲聊录》视作纯粹的"文学作品"——它的文学创造性和艺术性虽有,却是单一和重复的——而倾向于将其视为21世纪初叶的新"国风",一如两千多年前的中国文人,采民间歌诗以知民瘼、以入《诗经·国风》一般。它对读者的要求是"认知"——由文本而及于社会真相,而非"审美"——由文本而及于心灵的形式。这是林白唯一一部吁请我们关心她"说什么"甚于"怎么说"的书。她所说的一切,是可怕的,而非"有趣"的;她的内在态度,是哀恸焦灼的,而非"眉飞色舞"的——"木珍"的叙述越眉飞色舞,轻描淡写,则其所呈现的社会真相越荒凉麻木,病入膏肓,此种文本修辞术,乃是作者唯一的狡计,遮掩着她唯一的心事。

那心事是多么沉重!在《万物花开》的后记里,林白曾经写道:

> 二皮叔和大头做好了高跷和翅膀,他们在王榨的上空飞起来了,当然这不是真的。但如果他们不飞,抓着了就

会被罚款,私自杀一头猪要罚六千元,若给乡里的食品站杀却要交一百八十元钱,这里面包括地税、定点宰杀费、工商管理费、个体管理费、服务设施费、动物免疫费、消毒费、防疫费、卫生费,国税二十四元还要另外自己交,这一切让人难以置信,但却是真的。我反复求证,这些数字就是真的……

我没有别的办法。

一个人怎么能不长出一双翅膀呢?人活在大地上,多少都是要长出翅膀的吧……

愿万物都有翅膀。

感同身受的苦痛,无能为力的哀悯。正是这苦痛与哀悯促使她超越一己的痛痒,去写王榨。如果民不聊生而不得不生,"民"会是什么样子?他们的精神存在状况如何?——这才是《万物花开》和《妇女闲聊录》的重点所在。后者是前者的前传和"本事"。《妇女闲聊录》不再乘坐少年大头的脑瘤里生出的翅膀,不再驰骋林白式的越欢快便越悲伤的想象力,不再铺陈乡村少年饥渴而斑斓的性幻想,不再虚构私自杀猪的村人们狂欢游击队般对"公家人"的成功逃避……这次的叙述人是木珍,一个在"王榨"村长大、到北京做保姆的农妇。她虎虎生风,坚韧不拔,对待自己讲述的事实,采取满不在乎、谈笑风生的态度。每讲完一件事,她便表示她要"笑死"。于是,在她的笑声中,我们能看到这个村的妇女们一天到晚打麻将、不做饭、不管孩子的情景,因为孩子饿了是能自己走5里地到外婆家吃饭的;看到孩子带饭上学,中午却要去抢饭盒,不抢就活该饿肚子的情景，因为维持秩序、保障公平这种事，学校是不管的；看到村人们把偷情、性乱、做二奶当作家常便饭的情景，因为几乎家家都有这样的人，没什么稀奇的；看到人们不再种粮、养鸡，渴了就去邻村偷西瓜的情景，因为种了、养了也是要被偷的；看到乡书记的父亲死了，村人们半夜把老头的棺材挖出、尸体扔掉的情景，因为这书记为了强制执行火葬，就是这样命人挖出老百姓的尸体当场烧掉的……

这位湖北农妇毫无价值判断和痛苦感的讲述却让我们分明看到，广袤的乡村在被剥夺净尽之后，已成为垃圾一堆，已沦为道德崩解、交相欺害、毫无保障、自生自灭的丛林世界，手无寸铁的人们若不能如凶兽，如蝼蚁，如野草，如毒菇，不能生命旺盛，寡廉鲜耻，心如铁石，醉生梦死，便不能存活。是的，这些被掠夺和被压榨、被欺凌与被侮辱者，已不得不和损害他们的力量一同疯狂、腐朽、烂去，难分彼此。这是中国社会所发生的最可怕的事——肌体细胞正蔓延性坏死，如不从根本处遏止溃烂，则整具社会躯体的大毁灭终将来临，到那时，一切都将无可挽回，人人都将无处逃避。这是中国的卡珊德拉的警告。但特洛伊城仍在酣睡。人们蒙了双眼、捂着双耳，不肯听见。也有耳力较好者，称赞这披头散发的女人嗓音悦耳，旋律别致，至于她喊了些什么，则不愿深究——因为在目前的特洛伊，咱们尚属衣食无忧、前程大好的一族呢。

《妇女闲聊录》就是这样，将最令人悚然心惊的现实及其深因，揭示于云淡风轻的闲言碎语之中。可以说，它是一位挚诚作家的道德越界，一场不可重复的"重复"之旅。唯有一颗文学的心灵，才能做到这件事。但是它带给文学的教益，却是超出文学以外的那些。

9. 自然的,太自然的

经历了心灵的炼狱之后,贫瘠、流离而不安的生命,终于与煎熬着她的生活和解。《致一九七五》(2007年)即是一本表达"生命之和解"的书。林白既往小说中许多人、物、场景的原型,团聚于此,以"生活本身"的面目出现:我们能辨认出《青苔·一路红绸》中的宋丽星(本书中的罗明艳),《青苔·防疫站》中的立京、立平和山羊(本书中的张英树、张英敏和山羊)、《青苔·日午》中的姚琼(本书中的姚琼)、《菠萝地》里和湛江人发生肌肤之亲的女孩(本书人物安凤美可看作她的"后传")、《船外》里哑女孩提着道具灯混进工会礼堂的场景(本书中由"我"和"姚琼"再现了这一幕)……小说乃是一种"无中生有的创造",但是《致一九七五》看起来却不像创造物,而是一个"本来就在那里"的自然界,被生长于斯的土著所描述。全书三十四万字,完全的散文结构。上半部"时光"偏以空间位置为线索;下半部"在六感那边"则是生活的分类学。那些只能被"标准小说"用作边角余料的素材,在此成了整部作品的主体。全书没有情节推动力,没有牵一发而动全身的人物关系,甚至没有林白以往小说里那些本已不按常理出牌的、最基本的"小说元素"——紧张纠结的心理动能。

当小说的最后部分煞有介事地排出一个"总人物表",将叙述人李飘扬提及过的所有女友、同学、老师、街坊、文工团员、医院杂役、插友、老乡、通信男友等137人珍珠般罗列其上时，我感到了作家守护自己生命的根部、颠覆一切价值等级制的强烈愿望。这些"微不足道"的人，连同那"微不足道"的沙街、学校、暗恋、友情、灯光球场、文艺会演、露天电影、炒柚子皮、腌酸萝卜、插队、农事、鸡、猪、菜……皆被她流连咏叹，撒上神话的光辉，组成自足的宇宙，其价值态度与曹雪芹面对其笔下的宝黛之恋无异。看得出，这部小说意欲建立的，乃是一个万物皆贵、万物皆美的平等之国，通过它，作家意欲实现个人记忆对虚无与消亡的反抗：

> 再次回到故乡南流那年，我已经四十六岁了。
>
> 南流早已面目全非。我走在新的街道上，穿过陌生的街巷，走在陌生的人群里。而过去的南流，早已湮灭在时间的深处。
>
> ……
>
> 一切陌生茫然……一个过去的故乡高悬在回故乡的路上。

随着故乡的陌生和消失，生命的记忆已无处安放——这是不容抗拒的外部世界对个体存在的残酷否定。《致一九七五》以记忆之海完成了对这一否定的反抗，并以此肯定生命本身。这一行动不借助任何哲学、故事和叠床架屋的编织手段，而只凭直觉、追忆和直观的想象力；不掺杂任何塑料、钢筋、水泥，只凭血肉之躯的温暖与柔软。在百感交集的诗之回望中，卑小残缺的往昔意欲摆脱自然和历史的重力，向着丰饶、永恒和唯一性飞去。

《致一九七五》并未实现如其书名所暗示的一种可能性——对"革命时代"的批判与反思。相反，它更倾向于让记忆非社会化和非历史化，寻求个体生命在革命时代日常生活中的"存在之惊讶"，即从孩子眼中看去的原初的存在，即全部不可认识者的总和。这种"惊讶"是透明的、轻盈的、自由的、梦想的，存在于一切世代且永远不会被自然和历史的车轮碾碎的那种精神气体。它弥漫在孙向明老师非同寻常的"梅花党"故事里，颤动在他的少女学生们暗恋的心房上，徜徉于懒人安凤美神奇的公鸡、武功和男友的头顶，漂浮在芭蕾舞鞋、腐殖酸氨、作为实验品的山羊和作为补品的胎盘上……

《致一九七五》就是这样，在回忆之流中"还原"和"再造"一幅幅生命的碎片，并将召唤性的内在体验融会其中，因此，它们能够从日常物质性的封闭中解放出来，也从社会—历史性的公共想象中超越出来，而以"自然""自在"的灵性面目出现。在这里，我们能够看到叙述者"我"与她所追忆、狂想、讲述和渲染的事物之间，情谊深重的"我—你"关系——无论"我"所书/抒写的是人，还是物，是时间，还是空间，是往事，还是梦想，它们全部被人格化，而一一成为叙述人"我"的直接对话者"你"，于是，"我"与外部世界之间的主—客体关系发生了改变，而成为主体与主体之间的凝视与倾谈，表现为"我"对"你"的思念与召唤。这是《致一九七五》最基本的创作方法，也是它作为小说作品最为独特之处。同时，我们还可看到，这种"我—你"对话最大化地缩短了每个叙事单元中角色之间的关系距离，从而使那些在常态小说中势必发展成一个个完整故事的角色关系，得以最俭省、直接和并不完整地叙述，甚至常常是，叙事刚刚萌芽而尚未发展，就在对某种独特场景或主观心绪的点染中戛然而止。

这样的例子在书中比比皆是——比如"我"和"我"的女同学们暗恋物理老师孙向明的故事，美人雷红、雷朵、安凤美的故事，怪人陈真金、赖二的故事，"我"和通信男友韩北方的故事，生产队长念叨着"人都是要吃盐的"暗示知青们不要狠批庆禄的故事……都是可以大编特编的好故事。之所以并未展开，是因为林白的叙事依赖"材料"对她内在热情的真实唤起，她所能言说的也只是这种"真实的内在热情"，而非纯智性的客体化想象力，因此对那些公认的具有"社会重要性"的材料，公认的可以发展为好故事的材料，她往往由于它们不能触及她的皮肤和感情而相当淡漠。但恰恰是林白的断片、直接、拒绝完整和发展的叙事，能相对完整地表达出她感知与创造的原初性，原始的热力与激情。何故？此正应和了别尔嘉耶夫关于创造的入木三分的论断："发展和展开是创造的死敌，是创造的冷淡和源泉的枯竭。任何创造热情的最高点完全都不是其作品的展开。创造热情的最高峰是最初的创造的萌发，是创造的萌芽，而不是创造的完结，是创造的青春和童贞，是创造的原初性……创造的发展、完善、展开、完结，都已是创造的恶化、冷淡、下降和衰老……发展、展开、完善的本质在于，它们掩盖人的观念和感觉的原初性、直觉的原初性，封闭了这些原初性，用次要的情感和社会积淀窒息了这些原初性，并且使得这些原初性的复归不可能。"（尼古拉·别尔嘉耶夫：《论人的使命》）

这一创造的悖论与悲剧也在这部作品本身得到了验证。与汁液饱满的上部相比，《致一九七五》的下部呈现出明显的冷淡和衰竭。追忆和感怀的能量在上半部已经耗尽，新的精神动能却未在下半部产生。花样迭出的叙事方式看起来兴致勃勃，却总有强颜欢笑、为完成而完成之感，更像是省力的、就事论事的自然记录。叙述人看起来全然陶醉于现象的特殊性之中，而迷失了"现象"和"本体"之间连通的道路。

显然，这部作品的命意和结构受到了普鲁斯特《追忆似水年华》的影响。但是，后者洋洋七卷而无枯竭之感，前者却走到一半即告空乏。原因为何？伍尔芙曾如此评价普鲁斯特：在他的这部小说中，"每一条道路都毫无保留、毫无偏见地敞开着……普鲁斯特的心灵，带着诗人的同情和科学家的超然姿态，向它有能力感觉到的一切事情敞开着大门"（弗吉尼亚·伍尔芙：《论小说与小说家》，上海译文出版社2000年，第272页）。这是创造的最根本的秘密——心灵的开放程度决定了感受力和精神性的密度与广度。

何谓精神？"精神是自由，而不是自然。""相对于自然界和历史世界而言，精神是革命的，它是从另外一个世界向此世的突破，它能够打破此世的强迫性的秩序……精神不但是自由，而且还是意义。""获得精神性是对世界和社会环境的统治的摆脱，仿佛是本体向现象的突破。"（尼古拉·别尔嘉耶夫：《神与人的辩证法》）精神之光谱的丰富程度是无穷尽的，它的源泉来自上帝——或者说，来自超越一切个性和自然的终极存在。精神性的艺术家分享了这一源泉的丰富性，因此他所观照和叙述的世界，是一个有着无数精神光谱的世界。作家精神—意义的源泉愈饱满丰富，则作品呈现的"现象"森林愈元气淋漓，无法穷尽。所以，一部文学作品的胜利，说到底是"精神的胜利"。

因此可以说，《致一九七五》后半部的衰弱迹象，正缘于作家心灵未能向精神宇宙无条件地开放。看得出，创作者停滞于精神的自然与初始状态，满足于自我之"有"，并陶醉于对底层事物的价值激情——那是林白自我肯定的意志与道德立场的微妙混合。她赋予纯朴、粗粝和简陋的生命根部以强烈、唯美而奢华的气质，她全力拥抱它，将其作为唯一、全部、最高的世界来描述，作为存在的意义源泉和价值尺度来描述，这种隐蔽的民粹倾向是林白的自觉，也是我与她的分歧之处。把有限、不完善但却生死与共的"此在"作为感激和礼赞的对象，是文学的自由，但是把它当作意义的源泉，当作至高的善，则必会导致作品的贫乏，以及道德能量和创造能量的弱化。能够成为意义源泉和价值尺度的，既不是底层的存在，亦不是贵族的存在——尘世间的一切存在都不能成为意义源泉和价值尺度，只有精神，只有超越此在的无限的"存在本身"，才能担当这一使命。

阿波利奈尔评价画家卢梭说："他绝不让任何事，尤其是基本的事，听凭自然。"纵观林白所有的作品，可以说她的问题恰恰在于太听凭自然——听凭身体、感官和物质世界的自然牵引，听凭能力的自然状态，听凭内心的灵火时燃时灭于宇宙虚空之中，而很少呼唤精神之强力增高那火焰。精神的自我丰富、自我挑战的要求在沉睡。精神对于尘世之有限性的不满和不安在沉睡。这是因为她太顾惜自己，太紧紧抓住己身之

"有",因此一些叙事会下降为财富清点式的回望和对于痛痒利害的焦虑。

这位自然的精灵,天赋的作家,她的才华和纯朴已让她摆脱了弥漫于当代中国作家的市侩主义,但是她仍未达到她的生命与创造的最高可能性。诚然,这一精神的攀升之旅是充满困苦的,但必得如此。因为,"牺牲自己就是对自己的忠实"(请原谅,又是别尔嘉耶夫)。

2009年3月8日夜完稿

林白创作年表

1983年
《土平房里的人们》发表于《广西文学》。

1986年
《从河边到岸上》发表于《人民文学》。

1988年
《去年冬季在街上》发表于《钟山》第1期。
《黑裙》发表于《上海文学》第12期。

1989年
《裸窗》发表于《作家》第9期。
《静静倾听》发表于《广西文学》第9期。
《同心爱者不能分手》发表于《上海文学》第10期。

1990年

《大声哭泣》发表于《收获》第1期。

《子弹穿过苹果》发表于《钟山》第4期。

《我要你为人所知》发表于《雨花》第5期。

《水中央》发表于《青年文学》第6期。

1991年

《亚热带公园》发表于《收获》第2期。

《晚安，舅舅》发表于《钟山》第5期。

《日午》发表于《上海文学》第6期。

《船外》发表于《作家》第11期。

《英雄》发表于《青年文学》第12期。

1992年

《玫瑰过道》发表于《漓江》第3期。

《随风闪烁》发表于《收获》第4期。

《安魂沙街》发表于《北京文学》第10期。

1993年

《回廊之椅》发表于《钟山》第4期。

《瓶中之水》发表于《钟山》第4期。

《飘散》发表于《花城》第5期。

小说集《同心爱者不能分手》由漓江出版社出版。

小说集《玫瑰过道》由湖北辞书出版社出版。

1994年

长篇《一个人的战争》发表于《花城》第2期。

《长久以来记忆中的一个人》发表于《作家》第4期。

《墙上的眼睛》发表于《青年文学》第11期。

《枝繁叶茂的女人》发表于《青年文学》第11期。

长篇小说《一个人的战争》由甘肃人民出版社出版。

1995年

《致命的飞翔》发表于《花城》第1期。

《猫的激情时代》发表于《江南》第1期。

长篇《守望空心岁月》发表于《花城》第4期。

长篇小说《青苔》由华艺出版社出版。

小说集《子弹穿过苹果》由河北教育出版社出版。

小说集《回廊之椅》由云南人民出版社出版。

随笔散文集《德尔沃的月光》由云南人民出版社出版。

1996年

随笔散文集《丝绸与岁月》由文化艺术出版社出版。

小说集《致命的飞翔》由长江文艺出版社出版。

长篇小说《守望空心岁月》由花城出版社出版。

1997年

长篇《说吧，房间》发表于《花城》第3期。

《火光穿过白马镇》发表于《天涯》第4期。

长篇小说《说吧，房间》由江苏文艺出版社出版。

1998年

《枪，或以梦为马》发表于《作家》第4期。

随笔散文集《死亡的遐想》由上海书店出版社出版。

随笔散文集《像鬼一样迷人》由陕西师范大学出版社出版。

1999年

《米缸》发表于《花城》第3期。

《菠萝地》发表于《山花》第5期。

文集《林白作品自选集》由漓江出版社出版。

日记《白银与瓦——林白少女时代日记》由海南出版社出版。

2000年

长篇《玻璃虫》发表于《大家》第1期，并发表于《〈小说选刊〉长篇增刊》。

长篇小说《玻璃虫》由作家出版社出版。

小说集《子弹穿过苹果》由河北教育出版社出版。

随笔散文集《在幻想中爆破》由安徽文艺出版社出版。

2001年

长篇跨文体作品《枕黄记》发表于《花城》第2期。

长篇跨文体作品《枕黄记》由中国青年出版社出版。

随笔散文集《林白散文》由浙江文艺出版社出版。

2002年

《内心的故乡》发表于《天涯》第2期。

《二皮杀猪》发表于《人民文学》第4期。

《云在天边》发表于《作家》第4期。

《春天,妖精》发表于《作家》第10期。

《明亮的土铳》发表于《上海文学》第11期。

小说集《枪,或以梦为马》由华文出版社出版。

2003年

长篇《万物花开》发表于《花城》第1期。

长篇小说《万物花开》由人民文学出版社出版。

小说集《同心爱者不能分手》由浙江人民美术出版社出版。

2004年

长篇《妇女闲聊录》发表于《十月》第10期。

《去往银角》发表于《上海文学》第6期。

《红艳见闻录》发表于《上海文学》第6期。

2005年

随笔散文集《秘密之花》由新华出版社出版。

长篇小说《妇女闲聊录》由新星出版社出版。

2006年

短篇小说集《春天,妖精》由春风文艺出版社出版。

随笔散文集《前世的黄金》由时代文艺出版社出版。

2007年

长篇《致一九七五》发表于《西部华语文学》第10期。

中篇小说集《瓶中之水》由春风文艺出版社出版。

长篇小说《致一九七五》由江苏文艺出版社出版。

2008年

诗歌《武汉六首》发表于《花城》第5期。

2009年

小说集《回廊之椅》由花城出版社出版。

2011年

小说集《长江为何如此远》由海豚出版社出版。

2012年

长篇小说《北往》(上)发表于《十月》第5期。

长篇小说《北往》(下)发表于《十月》第6期。

2013年

长篇小说《北去来辞》由北京出版社出版。

小说集《红艳见闻录》由重庆出版社出版。

2015年

随笔散文集《枕黄记》由河南文艺出版社出版。

小说集《米缸》由安徽文艺出版社出版。

小说集《年轻的骨头》由河南文艺出版社出版。

2017年
诗集《过程》由辽宁人民出版社出版。

林白作品在境外

1998年
长篇小说《一个人的战争》由香港天地图书公司出版。
长篇小说《一个人的战争》由台湾麦田出版社出版。
长篇小说《说吧,房间》由台湾三民书局出版。

2001年
《一个人的战争》韩文版,由韩国Munhak出版社出版。

2006年
《回廊之椅》意大利文版,由意大利Halley出版社出版。
《回廊之椅》法文版,由法国Bleu de Chine出版社出版。

2010年
长篇小说《万物花开》(繁体字版、简体字版)由新加坡青年书局、香港明报月刊出版社联合出版。

2012年
《一个人的战争》日文版,由日本勉诚出版社出版。

2017年

《一个人的战争》法文版,由法国You Feng出版社出版。

2020年

《妇女闲聊录》西班牙文版,由西班牙La Linea del Horizonte出版社出版。

百年中篇典藏

林贤治 主编

《阿Q正传》　　鲁迅 著

《她是一个弱女子》　　郁达夫 著

《莎菲女士的日记》　　丁玲 著

《二月》　　柔石 著

《生死场》　　萧红 著

《林家铺子》　　茅盾 著

《丽莎的哀怨》　　蒋光慈 著

《长河·边城》　　沈从文 著

《阳光》　　老舍 著

《八月的乡村》　　萧军 著

《小二黑结婚》　　赵树理 著

《饥饿的郭素娥》　　路翎 著

《组织部来了个年轻人》　　王蒙 著

《大淖记事》　　汪曾祺 著

《绿化树》　　张贤亮 著

《被爱情遗忘的角落》　　张弦 著

《人到中年》　　谌容 著

《小鲍庄》　　王安忆 著

《关于詹牧师的报告文学》　　史铁生 著

《褐色鸟群》　　格非 著

《妻妾成群》　　苏童 著

《小灯》　　尤凤伟 著

《回廊之椅》　　林白 著

《到城里去》　　刘庆邦 著